U0895583

四部要籍選刊·集部

蔣鵬翔 主編

施註蘇詩

八

〔宋〕蘇軾 著

〔宋〕施元之 注

浙江大學出版社

本册目録

蘇詩續補遺卷上

蘇詩續補遺卷下

蘇詩續補遺卷之上

漫堂先生宋　犖
樸園先生張榕端　閲定
錢塘馮　景　補註

古體詩一百四十四首

送淡公二首

燕本冰雪骨。越淡蓮花風。五言雙寶刀。聯轡高飛鴻。翰苑錢舍人。詩韻鏗雷公。識本不識淡。仰詠嗟無窮。清韻生物表。朗玉傾壺中。常於泠竹坐。相語道意沖。崧洛輿不薄。稽江事難同。明日若不來。我作黃石翁。何以兀其

蘇詩續補遺卷之上　一

心爲君學虛空。

本淡二僧名燕越二僧所産地也莊子逍遥遊肌膚若氷雪傳燈録慧可頂骨如五峰秀出楞嚴經縱觀如來青蓮花眼梁昭明文選序退傅有在鄒之作降將有河梁之篇四言五言區以别矣注降將謂李陵别蘇武於河梁作五言解頤新語論者謂南風之辭卿雲之頌夏歌鬱陶乎予心詩體未備五言之濫觴也逮漢李陵始著五言之目唐書秦系曰劉長卿自謂五言長城系以偏師攻之雖老益壯曹植有寳刀賦揚雄法言鴻飛冥冥聯鑾卽聯句始於漢武栢梁宋孝武帝華林都亭曲水聯句效栢梁體長楊賦翰林以爲主人姓譜方雷氏之後蓋古諸侯國黄帝時有雷公按唐雷威嘗入深松中聽風雪聲連延悠颺者伐爲琴世稱雷公琴世說時人目夏侯太初朗朗如日月之入懷李安國頽唐如玉山之將崩唐詩一片氷心在玉壺六祖問答九年冷坐無人識神仙傳浮丘伯姓李隱嵩山服黄精二十年久之道成白日飛昇列仙傳王喬周靈王太子晉也好吹笙作鳳鳴遊伊洛之間遇道士浮丘公接以上嵩山晉書庾亮曰諸君少住老子於此興復不淺王徽之傳嘗居山陰夜雪初霽忽憶戴逵逵時在剡便夜乘小船詣之造門卽返漢張良傳老父謂良曰後五日平明與我期此五日平明良往父已先在怒曰與老人期後何也去後五日蚤會又曰孺子見我濟穀城下黄石卽我已遂去不見神仙傳黄石君者修彭祖之術年數百歲陸機文賦兀若枯木文選注引郭象注曰行若曳枯木止若聚死灰莊子德充符常季問於仲尼曰王駘兀者也固有不言之教無形而心成者耶金剛經四維上下虛空可思量不楞嚴經起爲世

界靜成虛空虛空爲同世界爲異

坐重青草公。意合滄海濱。渺渺獨見水。悠悠不聞人。鏡、浪洗手、淥。剡、花入、心春。雖然防外觸。眼前遶衣新。行當譯文字。慰此吟慇懃。

後漢五行志獻帝踐祚之初京師童謡曰千里草何青青十日卜不得生按千里草爲董此豈有董姓者與淡公意合耶輿地志鑑湖後魏太守馬臻所開本名慶湖避漢安帝父淸河王諱改爲鏡湖今在紹興城南述異記鏡湖軒轅鑄鏡於此楞嚴經因色有香因香有觸維摩經會中有一天女以天花散諸菩薩悉皆墮落至大弟子便著不墮天女曰結習未盡故花著身結習盡者花不著身又文殊師利歎曰善哉善哉乃至無有文字語言是眞入不二法門高僧傳先是律藏未闡鳩摩羅什延請多羅誦出十誦梵本羅什譯爲晉文

上韓持國

韓氏三虎秉樞極。中有一虎似偉節。端居隱几學無心。

夙駕入朝常正色。犯時獨行太嵔㠑。回天不忌眞藥石。輦致歸來荷二聖。推排使至有衆力。吾儕。小人。但飽。飯。一作食不。有。君子。何。能國。西湖醉臥春水船。如何爲人作豐年。

宋史韓維傳字持國與兄絳弟縝先後同在樞府維屢有諫諍孔文仲以對策切直罷歸維言臣恐賢俊解體忠良結舌安石惡之後漢賈彪傳字偉節潁川定陵人彪兄弟三人並有高名而彪最優故天下稱曰賈氏三虎偉節最怒漢天文志中宮天極星其一明者泰一之常居也旁三星三公又元鳳四年九月客星在紫宮中斗樞極閒占曰爲兵春秋運斗樞北斗七星第一曰天樞莊子齊物論南郭子綦隱几而坐天地篇凡有首有趾無心無耳者衆詩國風星言夙駕公羊傳孔父正色而立於朝則人莫敢致難於其君者孔父可謂義形於色矣晉書熊遠字孝文遷御史中丞中宗每歎其公忠謂遠曰卿在朝正色可謂王臣後漢書有獨行傳韓文特立而獨行史記相如賦云巖磈嵔瘣隱轔鬱㠑唐書貞觀四年詔發卒治洛陽宮且東幸張玄素上書諫即詔罷役魏徵歎曰張公論事有回天之力左傳美疢不如惡石戰國策苦言藥也南史王僧孺傳侍郎金元起欲注素問訪以砭石僧孺答曰古人嘗以石爲針必不用鐵說文有此砭字許慎云以石刺病

也東山經高氏之山多針石郭璞云可以爲砭針春秋美疢不如惡石服子慎注云石砭石也季世無復佳石故以鐵代之爾[晉書董京傳]或見推排罵辱曾無怒色[王僧虔傳]嘗有書教子曰吾在世雖乏德素要復推排人間十許年故是一舊物[左傳]吾儕小人皆有闔廬以避燥濕寒暑[又]吾儕小人朝不及夕[又]不有君子其能國乎[杜甫詩]但使殘年飽喫飯[又]春水船如天上坐[世說]世稱庾文康爲豐年玉稺恭爲荒年穀庾家論云是文康稱恭爲荒年穀庾長仁爲豐年玉[又]蔡洪曰凡此諸君以義理爲豐年

送別

鴨頭春水濃如染。水面桃花弄春臉。衰翁送客水邊行。沙襯馬蹄烏帽點。昂頭問客幾時歸。客道秋風落葉飛。繫馬綠楊開口笑。傍山依約見斜暉。

白居易詩鴨頭新綠水鴈齒小紅橋[唐詩]桃花笑臉紅[崔護詩]人面桃花相映紅[通典]上古衣毛冒皮則帽之名所繇起故釋名曰帽者冒也劉熙逸雅帽冒也巾謹也晉輿服志成帝咸和中制聽尚書八座三省侍郎俱著烏紗帽[陳周弘正謝烏紗帽啟]雖復魏宣二端豈能比今烏紗茲賜廣微四縫未足擬其華飾[漢書]司

馬遷報任安書適欲卬首信眉論列是非莊子盜跖篇其中開口而笑者一月之中不過四五而已矣

琴枕

清眸作金徽。素齒爲玉軫。響泉竟何用。金帶常苦窘。爛斑漬珠淚。宛轉堆雲鬒。君若安七絃。應彈卓氏引。

謝惠連自箴氣之清明雙眸善識文選七發皓齒蛾眉西京雜記趙后有寶琴曰鳳凰以金玉隱起爲龍螭鸞嵇康琴賦絃以園客之絲徽以鍾山之玉陳暘樂書琴論黃帝之清角齊桓之號鍾楚莊之繞梁相如之綠綺以至玉牀響泉之類名號之別也輟耕錄響泉卽蔡邕所傳開成至寶雷威斲述異記南海之外有鮫人水居如魚不廢織績其眼能泣珠博物志鮫人賣綃臨去從主人索器泣而出珠滿盤以謝主人毛詩鬒髮如雲左傳昔有仍氏女生鬒黑而甚美光可以鑑學記不學操縵不能安絃彈琴九引一曰烈女引二曰伯妃引三曰貞女引四曰思歸引五曰霹靂引六曰走馬引七曰箜篌引八曰秦引九曰楚引漢司馬相如傳臨邛令前奏琴曰竊聞長卿好之願以自娛相如辭謝爲鼓一再行是時卓王孫有女文君新寡好音故相如繆與令相重而以琴心挑之

黃州

南山一尺雪。雪盡山蒼然。澗谷深自暖。梅花應已繁。使君厭騎從。車馬留山前。行歌招野叟。共步青林間。長松得高蔭。盤石堪醉眠。祇樂聽山鳥。攜琴寫幽泉。愛之欲忘返。但苦世俗牽。歸來始覺遠。明月高峰顛。

春秋隱九年三月庚辰大雨雪左傳平地尺為大雪宋謝惠連雪賦盈尺則呈瑞於豐年樂府幽澗泉者山水二十四曲之一李白古樂府拂彼白石彈吾素琴幽澗愀兮流泉深金徽變化篇段由夫攜琴就松風澗響之間曰三者皆有自然之聲正合類聚

古風

精神洞元化。白日昇高旻。俯仰凌倒景。龍行逸如神。半道過紫府。弭節聊逡巡。金牀設寶几。璀璨明月珍。仙者二三子。眷然骨肉親。飲我霞石盃。放盃恍如春。遂朝玉虛上。冠劍班列眞無端拜失儀。放弃令自新。雲霄難遽返。下土多埃塵。淮南守天庖。嗟我復何人。

莊子在宥篇廣成子曰至道之精窈窈冥冥無視無聽抱神以靜張紫陽眞人曰以精化氣以氣化神以神化虛名曰三華聚頂淮南子若士曰吾與汗漫期於九垓之上不可以久駐乃舉臂而竦身遂入雲中神仙傳浮丘伯隱居嵩山久之道成白日飛昇梁纂要日景在上曰反景在下曰倒景司馬相如大人賦貫列缺之倒景兮涉豐隆之滂濞注倒景氣去地四千里其景皆倒在下也列仙傳陶安公六安冶師也七月七日騎赤龍上升九歌夕弭節兮北渚六帖銀宮金闕紫府清都關令內傳老子與尹喜登崑崙上金臺玉樓七寶宮殿晝夜光明乃天地四王之所遊處有珠玉七寶之牀古樂府金牀玉几不能眠下蹋霜與露拾遺記瀛洲南有金鸞之觀中有寶几覆以雲紈之素劉孝綽詩共摛雲氣藻同舉霞文杯名山記小有清虛天清虛玉君所居抱朴子河東項曼都入山學仙十年而歸云曾到天上仙人以流霞一杯飲我輒不饑渴忽然思家到上帝前謁拜失儀見斥河東因號曼都爲斥仙人又劉安昇仙見上帝誤稱寡人謫守天廚

遊杭州山

山中村塢迷。野寺鐘相答。晚陰失林莽。一作杪落日猶在塔。

行招兩社僧。共步青山月。送客渡石橋。迎客出林樾。幽尋本眞性。往事聽徐說。錢王方壯年。此邦事輕俠。鄉人鄙貧賤。異類識英傑。立石像興王。遺址今岌業。功勳三吳定。富貴四海甲。歸來父老藏。崇高畏傾壓。詩人工譏病。此欲恣挑抉。流傳後世人。談笑資口舌。是非今已矣。興廢何倉卒。持歸問禪翁。笑指浮漚沒。

五代史吳越世家錢鏐字具美杭州臨安人及壯無賴販鹽爲盜有善術者望斗牛閒有王氣見鏐大驚曰貴人也後起兵并董昌昭宗拜鏐鎮海鎮東軍節度使加檢校太尉中書令鏐游衣錦城宴故老山林皆覆以錦天復二年封鏐越王又梁太祖聞鏐好玉帶名馬笑曰眞英雄也又鏐作還鄉歌曰三節還鄉兮挂錦衣父老遠來相追隨牛斗無守人無欺吳越一王駟馬歸吳興記臨安縣東五里石鏡山東有石鏡一所徑二尺四寸光照如鏡武肅王錢鏐幼時遊此照其形服冕旒如王者狀又鏐布衣時嘗照石鏡鏡起而聳戰楞嚴經空生大覺中如海一漚發有漏微塵國皆依空所生漚滅空本無況復諸三有又惟認一浮漚體目爲全

蘇詩續補遺卷之上 二

潮窮盡瀛海汝等
卽是迷中倍人

遊洞之日有亭吏乞詩既爲留三絶句於洞之石壁明日至峽州吏又至意若未足乃復以此授之三絶句老泉及東坡子由各一也按南行集老泉遊三游洞詩云洞中蒼石流成乳山下寒溪冷欲冰天寒二子苦求去我欲居之亦不能子由詩云昔年有遷客攜手過嵌岩去我歲已百游人忽復三按此題前東坡有遊三游洞絶句一首今入下卷

一徑遶山翠縈紆去似蛇忽驚溪水急爭看洞門呀滑磴攀秋蔓飛橋踏古槎三扉迎北吹一穴向西斜歎息煙雲去追思歲月遐唐人昔未到古俗此爲家洞暖無風雪山深富鹿麚相逢衣盡草環坐髻應鬘竈突依巖黑樽罍就石窪洪荒無傳記想像在犧媧此事今安有

遺蹤我獨嗟。山翁勸留句。強爲寫槎牙。世說羊元所居山當戶峰巒奇秀謂客曰此翠屏宜晚對爽人心目柳文斗折蛇行明滅可見禮記檀弓魯婦人之髽而弔也自敗於臺鮐始也南宮縚之妻之姑之喪夫子誨之髽柳宗元詩颭風移魯婦髽淮南子孔子無黔突墨子無煖席魯連子竈五突分烟者衆也呂氏春秋竈突決火上棟宇

和穆父新涼

家居妻兒號。出仕猿鶴怨。未能逐什一。安敢搏九萬。常恐樗櫟身。坐纏冠蓋蔓。受恩如負債。粗報乃焚券。但知眠牛衣。寧免刺虎圏。清風來既雨。新稻香可飯。紫蟹應已肥。白酒誰能勸。君今崔蔡手。政比張趙健。三公行可致。一語自先獻。幸推江湖心。適我魚鳥願。韓退之進學解冬暖而兒號寒年豐而妻啼飢北山移文蕙帳空兮夜鶴怨山人去兮曉猿驚漢書楊惲報孫會宗書糴賤販貴逐什一之利南史宋劉伯龍少而

貧薄及歷位尚書左丞少府武陵太守貧窶尤甚常在家慨然召左右將營什一之方忽見一鬼在旁撫掌大笑伯龍歎曰貧窮固有命乃復爲鬼所笑也遂止莊子逍遥遊搏扶搖而上者九萬里又惠子謂莊子曰吾有大樹人謂之樗其大本擁腫而不中繩墨其小枝卷曲而不中規矩人間世匠石之齊至乎曲轅見櫟社樹其大蔽牛匠伯不顧曰散木也漢書冠蓋相望史記孟嘗君傳問左右何人可使收債於薛者又馮驩乃持券如前合之能與息者與爲期貧不能與息者取其券而燒之後漢樊宏傳其素所假貸人閒數百萬遺令焚削文契責家聞者皆慙爭往償之諸子從敕竟不肎受漢王章傳章疾病無被臥牛衣中與妻決涕泣及爲京兆欲上封事妻止之曰人當知足獨不念牛衣中涕泣時耶漢儒林傳轅固齊人也竇太后好老子書召問固固曰此家人言耳太后怒曰安得司空城旦書乎乃使固入圈擊彘上假固利兵刺彘正中其心彘應手而倒按此乃刺彘恐非虎圈公蓋偶記張釋之傳虎圈嗇夫及郊祀志商中虎圈字耳後漢崔瑗傳瑗字子玉高於文詞尤善爲書記箴銘諸能爲文者皆自以謂弗及范曄贊崔爲文宗世禪雕龍蔡邕傳邕字伯喈博學好辭章數術天文妙操音律范曄贊邕實慕靜心精辭綺唐柳宗元傳雄深雅健似司馬子長崔蔡不足多也漢趙尹韓張兩王傳班固贊曰自孝武置左馮翊右扶風京兆尹吏民爲之語曰前有趙張後有三王莊子魚相忘於江湖

無題

引手攀紅櫻。紅櫻落如線。仰首看紅日。紅月走如箭。年光與時景。頃刻互衰變。何當血肉身。安得常強健。人心苦執迷。富貴憂貧賤。憂色常在眉。歡容不上面。吾今頭半白。把鏡非不見。惟應花下盃。更待他人勸。

論衡日晝行千里夜行千里李賀詩炎炎紅鏡東方開圓覺經我今此身四大和合所謂髮毛爪齒皮肉筋骨皆歸於地唾涕膿血精液涎沫皆歸於水煖氣歸火動轉歸風楞嚴經豈惟年變亦兼月化何直月化兼又日遷念念之間不得停住故知我身終從變滅又則知汝心本妙明淨汝自迷悶喪本受輪南史劉穆之傳謂所親曰貧賤常思富貴富貴必踐危機今日思爲丹徒布衣不可得也又王玄謨傳馳啟孝武具陳本末帝答曰七十老公反欲何求聊復爲笑想足以申卿眉頭耳玄謨性嚴未曾妄笑時人言玄謨眉頭未曾申故以此爲戲又齊本紀高帝爲相王鎮東府鬱林時五歲牀前戲高帝方令左右拔白髮問曰兒言我誰耶答曰太翁高帝笑謂左右曰豈有爲人作曾祖而拔白髮者乎即擲鏡鑷

古意

兒童鞭笞學官府。翁憐兒癡旁笑侮。翁出坐曹鞭復呵。賢於羣兒能幾何。兒曹鞭人以爲戲。公怒鞭人血流地。等爲戲劇誰復先。我笑謂翁兒更賢。

尚書舜典鞭作官刑朴作教刑漢刑法志薄刑用鞭朴唐開元名例律笞刑五注笞用箠自十至五十贖銅從一斤至五斤賈誼過秦論執敲朴以鞭笞天下左傳誅屨於徒人費弗得鞭之見血北史齊本紀流血灑地以爲娛樂又以馬鞭鞭楊愔背流血浹袍按自古至今以鞭笞流血爲戲劇者莫高洋若也題曰古意豈亦有感於此耶

用定國韻贈二十姪震

衡門老苔蘚。行栢千兵屯。開樽邀落日。未對烏烏言。清風舉吹籟。散亂書帙翻。傳呼一何急。人馬從車奔。貧居少賓客。鄰婦窺籬籓。牆頭過春酒。綠泛田家盆。比來伏青蒲坐捉白獸樽。王猷修潤色。亦有簿領煩。朝廷貴二陸。屢聞天語溫。猶能整筆陣。媿我非韓孫。

詩國風衡門之下可以棲遲莊子齊物論子綦曰汝聞人籟而未聞地籟汝聞地籟而未聞天籟夫子游曰敢問其方子綦曰夫大塊噫氣其名爲風杜甫詩隔屋喚西家借問有酒不牆頭過濁醪展席俯長流漢史丹傳候上閒獨寢時丹直入臥內頓首伏青蒲上涕泣言曰皇太子以適長立云云天子素仁不忍見丹涕泣言又切至上意大感晉樂志正旦元會設白獸樽於殿廷樽蓋上施白獸若有能獻直言者則發此樽飲之晉書陸機傳字士衡少有異才文章冠世至太康末與雲俱入洛造太常張華華素重其名如舊相識曰伐吳之役利獲二俊王羲之筆陣圖夫紙者陣也筆者刀矟也墨者鍪甲也水硯者城池也心意者將軍也孫何有詩戰篇物華如陣筆如鋒沈謝曹劉是七雄

聞潮陽吳子野出家

子昔少年日。氣蓋里閭俠。自言似劇孟。叩門知緩急。千金已散盡。白首空四壁。烈士歎暮年。老驥悲伏櫪。妻孥眞弊屣。脫棄何足惜。四大猶幻座。衣冠矧外物。一朝發無上。願老靈山宅。世事子如何。禪心久空寂。世間出世間。此道無兩得。故應入枯槁。習氣要除拂。丈夫生豈易。趣舍志匪石。當爲師子吼。佛法無南北。

漢書遊俠傳劇孟者洛陽人也周人以商賈爲資劇孟以俠顯大類朱家而好博多少年之戲史記袁盎傳緩急人所有一旦叩門不以親爲解不以存亡爲辭天下所望者獨季心劇孟耳司馬相如傳家徒四壁立世說晉王敦字處仲每酒後輒詠老驥伏櫪志在千里烈士暮年壯心不已歌闋以如意擊唾壺壺口盡缺史記封禪書嗟乎誠得如黃帝吾視去妻子如脫屣耳圓覺經四大假合而成幻軀法華經無上兩足尊楞嚴經反聞聞自性性成無上道釋典佛國有五精舍其一爲靈鷲山起信論世間根本味禪出世根本淨禪出世口無漏禪出世間上上禪後漢書畫遂乃縈華丘壑甘足枯槁楞嚴經習氣成暴流詩我心匪石漢書司馬遷傳趣舍異路涅槃經佛說偈言師子一吼衆獸伏金剛一杵羣峰碎修羅無數一輪降世間黑暗一日破傳燈錄梁武通天元年達摩來自西土爲初祖慧可爲二祖僧璨爲三祖道信爲四祖弘忍爲五祖慧能爲六祖自中華五祖之下曹溪六祖爲南宗神秀大師爲北宗又六祖曰人有南北佛性豈然

古離別送蘇伯固一作送蘇伯固效韋蘇州

三度別君來。此別眞遲暮。白盡老髭鬚。明日淮南去。酒罷月隨人。淚濕花如霧。後夜逐君還。夢遶湖邊一作江南路。

離騷惟草木之零落兮恐美人之遲暮杜甫詩老年花似霧中看

次韻魯直書伯時畫王摩詰

前身陶彭澤。後身韋蘇州。欲覓王右丞。還向五字求。詩人與畫手。蘭菊芳春秋。又恐兩皆是。分身來入流。

晉書陶潛字元亮爲彭澤令唐韋應物河南人性高潔工詩貞元中歷蘇州刺史世稱韋蘇州唐畫王維字摩詰官尚書右丞工草隸善畫唐詩品彙總論開元天寶間則孟襄陽之清雅王右丞之精緻大曆貞元間則有韋蘇州之雅澹劉隨州之閒曠烟花錄煬帝曰春蘭秋菊各一時之芳楞嚴經與佛如來同慈力故令我身成三十二應金剛經須陀洹名爲入流而實無所入

雷州八首一統志雷州古粤地天文牛女分野秦屬象郡漢曰徐聞梁隋曰合州曰海康唐曰雷州

白髮坐鉤黨南遷瀕海州灌園以餬口身自雜蒼頭籬落秋暑中碧花蔓牽牛誰知把鋤人舊日東陵侯

後漢黨錮傳陳蕃爲太傅與大將軍竇武共秉朝政謀誅宦官故引用天下名士乃以李膺爲長樂少府及陳竇之敗膺等復廢後張儉事起收捕鉤黨鄉人謂膺曰可去矣對曰事不辭難臯不逃刑臣之節也吾年已六十死生有命去將安之乃詣獄考死鄒陽書於陵仲子辭三公爲人灌園左傳以餬其口於四方漢鮑宣傳蒼頭盧兒皆用致富注謂奴爲蒼頭猶秦言黔首也史記召平故秦東陵侯秦滅後爲布衣種瓜長安城東瓜美故世謂之東陵瓜又云青門瓜青門東陵也杜甫詩縱有健婦把鋤犂

茘子無幾何黃柑遽如許遷臣不惜日恣意移寒暑層巢俯雲木信美非吾土草芳自有時鶗鴂何關汝

廣志茘支樹青花朱實大如鷄子實白如肪甘而多汁似安石榴有甜酸者至日將中翕然俱赤則可食也一樹下子有百斛風土記甘橘之屬滋味甜美有黃者

禎者謂之胡甘後漢方術傳左慈入走羊羣操知不可得乃令就羊中告之曰不復相殺本試君術耳忽有一老羝屈前兩膝人立而言曰遽如許即競往赴之而羣羊數百皆變爲羝並屈前膝人立云遽如許王粲登樓賦雖信美而非吾土兮曾何足以少留離騷經恐鵜鴂之先鳴兮使百草爲之不芳

下居近流水。小巢依嶺岑。終日數椽閒。但聞鳥遺音。爐香入幽夢。海月明孤斟。鷦鷯一枝足。所恨非故林。

莊子逍遙遊鷦鷯巢於深林不過一枝

培塿無松栢。駕言此焉游。讀書與意會。卻掃可忘憂。尺蠖以時屈。其伸亦非求。得歸良不惡。未歸且淹留。

左傳部婁無松栢墨子培塿生松栢說文培塿小山也詩國風駕言出遊後漢杜密傳劉勝自蜀郡告歸鄉里閉門掃軌無所干及又劉祐杜門絕迹周易尺蠖之屈以求信也劉安招隱士攀援桂枝兮聊淹留又心淹留兮恫荒忽

粵嶺風俗殊。有疾昔勿藥。東帶趨房祀。用史巫紛若。絃歌薦繭栗。奴至洽觴酌。呻吟殊未央。更把鷄骨灼。

周易无妄之疾勿藥有喜又巽在牀下用史巫紛若陳氏禮書其牲角繭栗漢書郊祀志粵人勇之乃言粵人俗鬼而其祠皆見鬼數有効迺命粵巫立粵祀祠安臺無壇亦祠天神帝百鬼而以鷄卜自此始用師古註俗鬼言其土俗尚鬼神之事

粵女市無常。所至輒成區。一日三四遷。處處售鰕魚。青帬脚不襪。臭味猿與狙。孰云風土惡。白洲生綠珠。

漢揚雄傳有田一壥有宅一區廣志鰕魚類土附而腮紅若虎善食蝦俗謂之新婦魚一名鰕虎方輿記博白雙角山下梁氏女綠珠生此石崇為採訪使以珠三斛易之舊井尚存汲飲者產女必麗色干寶晉記石崇有妓人曰綠珠

海康臘已酉。不論冬孟仲。殺牛撾鼓祭。城郭為傾動。雖非堯須曆。自我先人用。苦笑荊楚人。嘉平臘雲夢。

風俗通夏曰嘉平殷曰清祀周曰大蜡漢改曰臘臘者獵也因獵取禽獸以祭先祖也荊楚歲時記諺云臘鼓鳴春草生村人並擊細腰鼓戴胡頭以逐疫搜神記

宣帝時陰子方臘日晨炊竈神見子方以黄羊祀之後遂鉅富故後人臘日祀竈後漢陳咸傳咸哀閒爲尚書王莽簒位謝病不仕猶用漢家祖臘曰我先人豈知王氏臘乎

舊時日南郡。野女出成羣。此去向應遠。東風已如雲。蚩氓託絲布。相就通殷懃。可憐秋胡子。不遇卓文君。

後漢郡國志日南郡注秦象郡武帝更名屬交州刺史所部劉熙逸雅郡羣也人所羣聚也詩國風有女如雲又氓之蚩蚩抱布貿絲列女傳魯秋胡潔婦者魯秋胡之妻也秋胡子既納之五日而去宦於陳五年乃歸未至家見採桑婦美謂曰力田不如逢少年力桑不如見公卿今吾有金願與夫人婦不受秋胡子還家奉金遺母母使人呼其婦卽採桑者婦乃自投於河而死

妒佳月

狂雲妒佳月。怒飛千里黑。佳月了不嗔。曾何汙潔白。爰有謫仙人。舉酒爲三客。今夕偶不見。汍瀾念風伯。毋煩風伯來。彼也易滅沒。支頤少待之。寒空淨無迹。粲粲黃金盤。獨照一天碧。玉繩慘無輝。玉露洗秋色。浩瀚玻瓈琖。和光入胸臆。使我能永延。約君爲莫逆。

莊子怒而飛其翼若垂天之雲鮑照詩三五二八時千里與君同李白詩對月成三人韓非子黃帝合鬼神於泰山風伯進掃雲笈七籤風伯姓方名道彰呂氏春秋風伯曰飛廉莊子漁父左手據膝右手持頤以聽世說司馬太傅齋中夜坐於時天月明淨都無纖翳太傅歎以爲佳謝景重在坐答曰意謂乃不如微雲點綴太傅曰卿居心不淨乃復强欲滓穢太清耶杜詩月落如金盆禮斗威儀玉衡北兩星爲玉繩謝眺詩金波麗鳷鵲玉繩低建章五經通義和氣精液凝爲露杜詩玉露凋傷楓樹林李白詩秋露如白玉團團下庭綠

莊子大宗師三人相視而笑莫逆於心遂相與友

追和沈遼頊贈南華詩

善哉彼上人。了知明鏡臺。歡然不我厭。肎致遠公林。莞爾無心雲。胡爲出岫來。一堂安寂滅。卒歲扃蒼苔。

禪宗要覽瓶沙王呼佛弟子爲上人內有德智外有勝行在人之上故名上人傳燈錄神秀偈曰身是菩提樹心如明鏡臺時時勤拂拭莫使惹塵埃盧慧能曰美則美矣了則未了和一偈曰菩提本無樹明鏡亦非臺本來無一物何處惹塵埃陶淵明歸去來辭雲無心以出岫高僧傳晉義熙間僧惠遠居廬山與劉遺民等十八賢同修淨土中有白蓮池因號蓮社隋書經籍志涅槃譯言滅度亦言常樂我淨

雪林硯屏率魯直同賦

西山無時春巉巖鎖頹陰分明倚天壁點綴無風林物固爲人出興誰於此深窮奇眞自蠃詩句且娛心

世說微雲點綴及老子於此興復不淺皆註見前史記李斯傳娛心意說耳目

申王畫馬圖

天寶諸王愛名馬千金爭致華軒下當時不獨玉花驄飛電流雲絕瀟灑兩坊岐薛寧與申憑陵內廄多清新

肉騣汗血盡龍種紫袍玉帶眞天人驪山射獵包原隰

御前急詔穿圍入揚鞭一蹙破霜蹏萬騎如風不能及

鴈飛兔走驚弦開翠華按轡從天回五家錦繡變一作遍山

谷百里舄珥遺纖埃青騾蜀棧兩超忽一作西趨急高準濃娥

散荆棘回首追風趁日飛一作苩茫連天鳥自飛五陵佳氣春蕭瑟

杜詩朝來少試華軒下畫斷唐玄宗所乘馬有玉花驄照夜白唐書宗室世系惠文太子範嗣岐王珍惠宣太子業嗣薛王知柔杜詩肉騣碨礧連錢動西域傳大宛國別邑七十餘城多善馬馬汗血言其先天馬子也杜詩霜蹏千里駿又汝陽眞天人古今注秦始皇有七名馬一追風二白菟三躡景四追電五飛翮六銅爵七晨凫瑞應圖飛兔神馬名日行三萬里顏延之馬賦紫燕騈衡按鴈飛兔走皆指馬言則鴈當作鷰唐書后妃傳每十月帝幸華清宮五宅車騎皆從家別爲隊隊一色俄五家隊合爛若萬花川谷成錦繡又遺鈿墮舄瑟瑟璣琲狼藉於道香聞數十里原註明皇乘青騾入蜀後漢書蘇伯阿望春陵城曰氣佳哉鬱鬱葱葱杜詩五陵佳氣無時無

奉和成伯大雨中會客解嘲

樂事難并眞實語。坐排用意多乖誤。輿來取次或成懽。瓦鉤卻勝黃金注。我生禍患久不擇。冐爲一時風雨阻。天公變化豈有常。明月行看照歸路。

王勃滕王閣序四美具二難并金剛經如來是眞語者實語者李義山詩若信貝多眞實語三生同聽一樓鐘莊子達生以瓦注者巧以鉤注者憚以黃金注者殙其巧一也而有所矜則重外也凡外重者內拙酉陽雜俎天公姓張名堅漁陽人乘白龍振策登天

和公濟飲湖上

昨夜醉歸還獨寢。曉來宿雨鳴孤枕。扁舟小棹截湖來。正見青山駮雲錦。須知老人興不淺。莫學公榮不共飲。與君歌鼓樂豐年。喚收千夫食陳廩。

詩小雅厭厭夜飲不醉無歸世說劉公榮與人飲酒雜穢非類人或譏之答曰勝公榮者不可不與飲不如公榮者亦不可不與飲是公榮輩者又不可不與飲故終日共飲而醉又王戎弱冠詣阮籍劉公榮在坐阮謂王曰偶有二斗美酒當與君共飲彼公榮者無預焉或問之阮答曰勝公榮者不得不與飲酒不如公榮者不可不與飲酒惟公榮可不與飲酒按詩云不共飲蓋王後說

贈僧

道人自嫌三世將。棄家十年今始壯。玉骨猶含富貴餘。
漆瞳已照人天上。去年相見古長干。衆中矯矯如翔鸞。
今年過我江西寺。病瘦已作霜松寒。朱顏不辨供歲月。
風中蒿火湯中雪。好問君家黄面翁。乞得摩尼照生滅。
莫學王郎與支遁。臂鷹走馬憐神駿。還君畫圖君自收。
不如木人騎土牛。

史記王翦傳爲將三世者必敗其所殺伐多矣其後受其不祥今王離已三世將矣居亡何項羽救趙擊秦軍果虜王離庾信哀江南賦三世爲將終於此滅江左名士傳杜弘治曰如點漆一統志金陵長干里在聚寶門外有長干橋世說支道林長養數匹馬或言道人畜馬不韻支曰貧道重其神駿善信經明月珠摩尼珠多在龍腦中杜詩惟有摩尼珠可照濁水源舊注周泰擢新城太守司馬宣王使鍾繇調之曰君釋褐登宰府三十六日而擁麾蓋守兵馬郡乞兒乘小車一何駛乎泰曰君明公之子有文采守吏職獼猴騎木牛又何遲也李白詩身騎土牛滯東魯

周教授索枸杞因以詩贈錄呈廣倅蕭大夫

鄰侯藏書手不觸。嗟我嗜書終日讀。短檠照字細如毛。怪底昏花懸兩目。扶衰賴有王母杖。名字於今挂仙錄。荒城古塹草露寒。碧葉叢低紅菽粟。春根夏苗秋著子。盡付天隨恥充腹。蘭傷桂折緣有用。爾獨何損丹其族。贈君慎勿比薏苡。採之終日不盈掬。外澤中乾非爾儔。

斂藏更借秋陽曝雞壅桔梗一稱帝堇也雖尊等臣僕
時復論功不汝遺異時謹事東籬菊

韓退之詩鄴侯家多書架插三萬軸一一懸牙籤新若手未觸又短檠二尺便且
光楞嚴經瞪以發勞則於虛空別見狂華唐書陸龜蒙字魯望居松江甫里時謂
江湖散人或號天隨子所居前後皆樹杞菊以供杯案揚雄解嘲客徒欲朱丹吾
轂不知一跌將赤吾之族也後漢馬援傳初援在交阯嘗餌薏苡實以勝瘴氣軍
還載之一車詩小雅終朝採菉不盈一掬莊子徐無鬼藥也
其實堇也桔梗也雞壅也豕零也是時爲帝者也何可勝言

次韻董夷仲茶磨

前人初用茗飲時煮之無問葉與骨寖窮厥味臼始用
復計其初碾方出計盡功極至於磨信哉智者能創物
破槽折杵向牆角亦其遭遇有伸屈歲久講求知處所
佳者出自衡山窟巴蜀石工强鐫鑿理疎性軟良可咄

子家江陵遠莫致。塵土何人爲披拂。茶經其名一曰茶二曰檟三曰蔎四曰茗五曰荈郭璞云早取爲茶晚取爲茗天台記丹丘出大茗服之生羽翼茶譜歷代貢茶皆以建寧爲上而密雲龍品最高皆碾末作餅周禮考工記知者創物巧者述之守之世謂之工

送公爲遊淮南

負米萬里緣其親。運甓無度憂其身。讀書莫學流麥士。挾策莫比亡羊人。迺翁辛苦到白首。汝今强勉當青春。昔時管鮑以君霸。此兩士貫寧非貧。家語子路曰昔由事二親之時常食藜藿之食爲親負米百里之外親没之後南遊於楚從車百乘積粟萬鍾累茵而坐列鼎而食願欲食藜藿爲親負米不可得也晉陶侃傳侃在州無事輒朝運百甓於齋外暮運於齋內人問其故答曰吾方致力中原過爾優逸恐不堪事其勵志勤力皆此類也後漢高鳳傳字文通南陽葉人也少爲書生家以農畝爲業而專精誦讀妻嘗之田曝麥於庭令鳳護鷄時天暴雨而鳳持竿誦經不覺潦水流麥妻還怪問鳳方悟之其後遂爲名儒莊子

駢拇篇臧與穀二人相與牧羊而俱亡其羊問臧奚事則挾筴讀書問穀奚事則博塞以遊二人所業不同其亡羊均也史記管仲曰吾始困時嘗與鮑叔賈分財利多自與鮑叔不以我爲貪知我貧也

謝蘇自之惠酒

高士例須憐麴糵此語嘗聞退之說我今有說殆不然麴糵未必高士憐醉者墜車莊生言全酒未若全於天達人本自不虧缺何暇更求全處全景山沈迷阮籍傲畢卓盜竊劉伶顚貪狂嗜怪無足取世俗喜異矜其賢杜陵詩客尤可笑羅列八子參羣仙流涎露頂置不說爲問底處能逃禪我今不飲非不飲心月皎皎長孤圓有時客至亦爲酌琴雖未去聊忘絃吾宗先生有深意

百里雙罌遠將寄，且言不飲固亦高。舉世皆同吾獨異，不如同異兩俱冥。得鹿亡羊等嬉戲，決須飲此勿復辭，何用區區較醒醉。

韓退之贈崔立之詩：高士例須憐麴糵。莊子達生：夫醉者之墜車，雖疾不死，骨節與人同而犯害與人異，其神全也。又：彼得全於酒而猶若是，而況得全於天乎。三國志：徐邈字景山，爲尚書郎。時科禁酒，而邈私飲，至於沈醉。晉書阮籍傳：字嗣宗，籍傲然獨得，任性不羈，嗜酒能嘯。畢卓傳：字茂世，太興末爲吏部郎，常飲酒廢職。比舍郎釀熟，卓因醉夜至其甕閒盜飲之，爲掌酒者所縛。劉伶傳：字伯倫，常乘鹿車，攜一壺酒，使人荷鍤而隨之，謂曰：死便埋我。其遺形骸如此。杜甫飲中八仙歌：道逢麴車口流涎。又：脫帽露頂王公前。又：醉中往往愛逃禪。傳燈錄：心月孤圓，光吞萬象。晉陶潛傳：性不解音，而畜素琴一張，絃徽不具，每朋酒之會，則撫而和之，曰：但識琴中趣，何勞絃上聲。列子：鄭人擊駭鹿，斃之，覆之以蕉，俄而遺其所藏之處，遂以爲夢焉。順途詠其事，傍人聞而取之，告其室人曰：向薪者夢得鹿而不知其處，吾今得之，彼直眞夢者矣。亡羊注已見。楚辭：衆人皆醉我獨醒。

戲和正甫一字韻

一字韻未詳

故居劍閣隔錦官。柑果薑蕨交荊菅。奇孤甘挂汲古綆。僥覬敢揭鉤金竿。已歸耕稼供藁秸。公貴幹蠱高巾冠。改更句格各蹇當作謇吃。姑因狡獪加閒關。

劍閣記梁山之險蜀所恃以爲外户大劍山與小劍山相屬秦欲伐蜀而道不通迺造五石牛以金置尾下言能糞金將以遺蜀蜀主負力而貪令五丁開道引入之秦因架閣爲棧道司馬錯由此伐蜀蜀志錦官城萬里橋南一名錦里韓詩汲古得修綆世說頭責秦子羽云此數子者或謇吃無宮商管子行年六十而老吃史記韓非爲人口吃不能道說而善著書神仙傳王方平謂麻姑云姑固少年吾老矣不復作此狡獪變化也

池上二首

小池新鑿會天雨。一部鼓吹從何來。有蟾正碧亂草色。時泅出沒東南隈。井幹跳梁亦足樂。洞庭魚龍何有哉。能歌德聲莫入月。清池與爾俱忘回。

南齊書孔稚珪字德璋風韻清疎不樂世務門庭之內草萊不翦南有山池春日蛙鳴或問之曰欲爲陳蕃乎稚珪笑曰我以此當兩部鼓吹莊子秋水子獨不聞夫埳井之鼃乎謂東海之鼈曰吾樂與吾跳梁之井幹之上張衡靈憲羿請不死之藥於西王母嫦娥竊之以奔月將往枚筮之於有黃有黃占之曰吉翩翩歸妹獨將西行逢天晦芒毋驚毋恐後且大昌嫦娥遂託身於月是爲蟾蜍

不作太白夢日邊。還同樂天賦池上。池上新年有荷葉。細雨魚兒噞輕浪。男兒學易不應舉。幽人一友吾得尚。此池便可當長江。欲榜茅齋來蕩漾。

李太白詩閒來垂釣碧溪上忽復乘舟夢日邊白居易池上篇十畝之宅五畝之園有水一池有竹千竿有叟在中白須飄然云云

贈仲素寺丞致仕歸隱潛山一統志皖山在潛山一名皖公山皖伯始封地按潛山在今安慶

潛山隱君一作居七十四。紺瞳綠髮方謝事。腹中靈液變丹砂。江上幽居連福地。彭城爲我駐三日。明月滿舟一作船同一醉。丹書細字口傳訣。顧我沉迷眞棄耳。年年來四十髮蒼蒼。始欲求方救憔悴。他年若訪潛山居。愼勿逃人改名字。

寰宇記潛山在潛山縣一名皖伯臺左慈常修煉於此上有二嵓三峰四洞太清煉靈丹經丹砂外包八石內含金精八素經司命著籍玉簡丹書編以金縷纏以素絲韓文五年未四十而視茫茫而髮蒼蒼莊子讓王篇魯君聞顏闔賢往聘之闔鑿坏以遁永嘉郡記張廌隱居頤志家有苦竹數十頃廌爲屋居其中王右軍聞而造之廌逃避竹中不與相見後漢書孔嵩變名姓爲傭

魯直以詩餽雙井茶次韻爲謝

江夏無雙種奇茗。汝陰六一誇新書。磨成不敢付僮僕。自看雪湯生幾珠。列仙之儒瘠不腴。只有病渴同相如。

明年我欲東南去畫舫何妨宿太湖公自注歸田錄草茶以雙井爲第一畫舫宿太湖北渚貢茶

故事

後漢書文苑傳黃香字文强江夏安陸人京師號曰天下無雙江夏黃童史記相如以爲列僊之儒居山澤閒形容甚臞此非帝王之僊意也乃遂就大人賦又相如口吃而善著書常有消渴疾

揚州以土物寄少游

鮮鯽經年秘醽醁團臍紫蟹脂填腹後春蓴茁活如酥先社薑芽肥勝肉鳥子纍纍何足道點綴盤餐亦時欲淮南風俗事瓶甖方法相傳竟留蓄且同千里寄鵝毛何用孜孜飲麋鹿

本草鯽魚一名鮒魚形亦似鯉色黑而體促腹大而脊隆所在池沼皆有之孟詵本草鯽是稷米所化其魚腹上猶有米色埤雅此魚旅行吹沫如星以其相卽故

謂之鯽以其相附故謂之鮒荆州記淥水出豫章康樂縣其間烏程鄉有酒官取水爲酒極甘美與湘東酃湖酒年常獻之世稱酃淥酒左思吳都賦飛輕觴而酌醽淥鄒陽酒賦其品類則沙洛淥酃烏程下若齊公之清關中白薄傅肱蟹譜生於濟鄆者其色紺紫產於江浙者其色青白皮日休詩蟹因霜重金膏溢橘爲風多玉腦圓南方草木狀蕁生水中葉似鳧葵浮水上花黃白子紫色三月至八月莖細如釵股名爲絲蕁堪啖味甘寒杜甫詩金城土酥淨如練又理生那免俗方法報山妻

贈曇秀

白雲出山初無心棲鳥何必戀山林道人偶愛山水故
縱步不知湖嶺深空巖已禮百千相曹溪更欲瞻遺像
要知水味孰冷暖始信夢時非幻妄袖中忽出貝葉書
中有璧月綴星珠人間勝絶畧已遍匡廬南嶺并西湖
西湖北望三千里大堤冉冉横秋水誦師佳句說南屏

瘴雲應逐秋風靡。胡爲只作十日歡。杖策復尋歸路難。留師筍蕨不足道。悵望荔子何時丹。

歸去來辭雲無心以出岫 傳燈錄曹溪在韶州府城東南梁時有天竺國僧自西來汎船曹溪口聞異香曰上流必有勝地尋之遂開山立石乃云百七十年當遇無上法師在此演法今六祖慧能南華寺是也 佛書如人飲水冷煖自知 金剛經一切有爲法如夢幻泡影 釋典佛經出自西域以貝葉書之流入中國 漢志五星連珠日月合璧 韓文荔子丹兮蕉黃

再過泗上二首

眼明初見淮南樹。十客相逢九吳語。旅程已付夜帆風。客睡不妨背船雨。黃柑紫蟹見江梅。紅稻白魚飽兒女。殷懃買酒謝船師。千里勞君勤轉櫓。

杜詩白小羣分命天然二寸魚 又溪女得錢留白魚

繫舟淮北雨折軸。繫舟淮南風斷橋。客行有期日月疾。歲事欲晚霜雪驕。山根浪頭作雷吼。縮手敢試舟師篙。不用燃犀照幽怪。要須拔劍斬長蛟。

史記羣輕折軸韓文巧匠旁觀縮手袖閒晉書溫嶠還武昌至牛渚磯水深不可測嶠燃犀角照之見水族奇形異狀夢曰幽明道別何相照也水經注澹臺子羽賫千金之璧渡河陽侯波起兩蛟夾舟子羽曰吾可以義求不可以威劫操劍斬蛟晉書周處傳投水搏蛟蛟或沈或浮行數十里而處與之俱三日三夜殺蛟而反呂氏春秋荊有佽飛者涉江至於中流而兩蛟夾繞其船佽飛拔寶劍刺蛟殺之

贈李兕彥威秀才

魏王大瓠實五石。種成濩落將安適。可憐公子持十牛。海上三年竟何得。先生少負不羈才。從軍數到單于臺。天山直欲三箭取。白衣將軍何人哉。夜逢怪石曾飲羽。

戲中戟枝何足數。誓將馬革裹尸還。肎學班超苦兒女。封侯衛霍知幾許。老矣先生困羈旅。酒酣聊復說平生。結襪猶堪一再鼓。棄書捐劍學萬人。紈袴儒冠皆誤身。窮途政似不龜手。與世羞爲西子顰。如今惟有談天口。雲夢胸中吞八九。世間萬事寄黃粱。且與先生說烏有。

莊子逍遥遊魏王貽我大瓠之種我樹之成而實五石以盛水漿其堅不能自舉也剖之以爲瓢則瓠落無所容外物篇任公子爲大鉤巨緇五十犗以爲餌蹲乎會稽投竿東海旦旦而釣期年不得魚漢司馬遷傳僕少負不羈之才長無鄉曲之譽唐書將軍三箭定天山壯士長歌入漢關韓詩外傳楚熊渠子夜行見寢石以爲伏虎也彎弓射之没金飲羽史記李廣傳廣出獵見草中石以爲虎而射之中石没鏃視之石也因復更射之不入矣後漢吕布傳植戟於營門布彎弓顧曰諸君觀布射戟小支中者當各解兵不中可留決鬭布即一發正中戟支馬援傳丈夫當以馬革裹尸還葬幸矣史記張釋之傳王生老人曰吾韈解顧謂張廷尉爲我結韈釋之跪而結之相如傳爲鼓一再行漢書項籍傳籍少時學書不成去學劍又不成去梁怒之籍曰書足記姓名而已劍一人敵不足學學萬人敵杜詩

統袴不餓死儒冠多誤身莊子逍遙遊宋人有善爲不龜手之藥者世世以洴澼絖爲事客聞之請買其方百金天運篇西施病心而矉其里其里之醜人見而美之歸亦捧心而矉其里史記騶衍之術迂大而閎辯奭也文具難施淳于髡久與處時有得善言故齊人頌曰談天衍雕龍奭炙轂過髡司馬相如傳相如以子虛虛言也爲楚稱烏有先生者烏有此事也爲齊難無是公者無是人也明天子之義又吞若雲夢者八九其於胷中曾不蔕芥呂純陽集洞賓隨雲房同憩一肆中雲房自起執炊洞賓入夢備極富貴寵榮爲相數十年忽被罪譴籍沒家資分散妻孥路値風雪僕馬俱瘁一身無聊方興浩歎怳然夢覺雲房炊黃粱尚未熟也雲房笑曰子適來之夢升沈萬態榮悴多端五十年間一頃耳

次韻謝子高讀淵明傳

枯木嵌空微黯淡。古器雖在無古絃。袖中正有南風手。誰爲聽之誰爲傳。風流豈落正始後。甲子不數義熙前。一山黃菊平生事。無酒令人意缺然。

晉陶潛畜素琴一張絃徽不具詳見前家語舜彈五絃之琴歌南風之詩史記誰爲爲之孰令聽之世說王敦爲大將軍鎭豫章衛玠避亂從洛投敦相見欣然談

話彌日於時謝鯤爲長史敦謂鯤曰不意永嘉之中復聞正始之音阿平若在當復絕倒南史隱逸傳陶潛所著文章皆題其年月義熙以前明書晉氏年號自永初以來惟云甲子而已

龐公

襄陽龐公少檢束。白髮不髡亦不俗。世所奔趨我獨棄。
我已有餘彼不足。鹿門有月樹下行。虎溪無風舟上宿。
不識當時捕魚客。但愛長康畫金粟。杜口如今不復言。
龐公爲人不曲局。東西有人問老翁。爲道明燈照華屋。
五言七言正兒戲。三行五行亦偶爾。我性不飲只解醉。
正如春風弄羣卉。四十年來同幻事。老去何須別愚智。
古人不住亦不滅。我今不作亦不止。寄語悠悠世上人。

浪生浪死一埃塵。洗墨無池筆無冢。聊爾作戲悅吾神。

後漢逸民傳龐公者南郡襄陽人也居峴山之南未嘗入城府夫妻相敬如賓後遂攜其妻子登鹿門山因採藥不反桃花源記武陵人以捕魚爲業名畫記顧愷之字長康於瓦棺寺北殿內畫維摩居士畫畢光耀月餘杜詩虎頭金粟影神妙獨難忘唯識論生相謂本無今有住相謂生位暫停異相謂住別前後滅相謂暫有還無圓覺經云何四疾一者作病二者任病三者止病四者滅病佛經流浪生死豫章志臨川墨池王羲之學書處至今池水盡黑一在金谿白水寺乃謝靈運滌研處也

食雉

雄雉曳修尾。驚飛向日斜。空中紛格鬭。綵羽落如花。喧呼勇不顧。投網復誰嗟。百錢得一雙。新味時所佳。烹煎雜雞騖。爪距漫槎牙。誰知化爲蜃。海上落飛鵶。

禽經雉介鳥也以其善搏鬭也詩王風雉離于羅月令孟冬雉入大水爲蜃

雙鳧觀在葉縣

王喬古仙子。時出觀人寰。常爲漢郎吏。厭世去無還。雙鳧偶爲戲。聊以驚世頑。不然神仙迹。羅網安能攀。紛紛塵埃中。銅印紆靑綸。安知無隱者。竊笑彼愚姦。

後漢王喬傳顯宗世爲葉令喬有神術每月朔望常自縣詣臺朝帝怪其來數而不見車騎密令太史伺望之言其臨至輒有雙鳧從東南飛來於是候鳧至舉羅張之但得一隻舃焉乃詔上方詠視則四年中所賜尚書官屬履也又或曰此卽古仙人王子喬也

郭綸公自注綸本河西弓箭手屢戰有功不賞自黎州都監官滿貧不能歸今權嘉州監稅

河西猛士無人識。日暮津亭閱過船。路人但覺驄馬瘦。不知鐵槊大如椽。因言西方久不戰。截髮願作萬騎先。我當憑軾與寓目。看君飛矢射蠻氈。

大風歌安得猛士兮守四方後漢書行行且止避驄馬御史左傳楚子玉請戰曰請與君之士戲君馮軾而觀之得臣與寓目焉

初發嘉州 漢屬犍爲郡曰漢嘉隋曰眉山唐宋曰嘉州按眉州唐曰嘉州此是今之嘉定州非眉州也原註嘉祐己亥冬先生與子由侍老泉舟行適楚

朝發鼓闐闐。西風獵畫旆。故鄉飄已遠。往意浩無邊。錦水細不見。蠻江清更鮮。奔騰過佛腳。曠蕩造平川。野市有禪客。釣臺尋暮烟。相期定先到。久立水潺潺。公自注是日期鄉僧宗一會別釣魚臺下 詩小雅伐鼓淵淵振旅闐闐注闐闐亦鼓聲也杜詩秦川對酒平如掌舊注錦水岷江也蠻江陽山與青衣江也三江合流於嘉州城東南過九頂山麦雲寺大像閣而下

犍爲王氏書樓

樹林幽翠滿山谷。樓觀突兀起江濱。云是昔人藏書處
磊落萬卷今生塵。江邊日出紅霧散。綺牕畫閣青氛氳。
山猿悲嘯谷泉響。野鳥嘐戞巖花春。借問主人今何在。
被甲遠戍長苦辛。先登搏戰事斬級。區區何者爲三墳。
書生古亦有戰陣。葛巾羽扇揮三軍。古人不見悲世俗。
回首蒼山空白雲。

爾雅狹而修曲曰樓說文樓重屋樔爾雅觀謂之闕釋名觀者於上觀望也墨客揮犀杜學士鎬博聞强記凡有撿閱取覩無差士大夫有所撰著谷以古事無不知者號爲杜萬卷左傳潁考叔取鄭伯之旗蝥弧以先登又是能讀三墳五典八索九丘世語諸葛武侯獨乘素輿葛巾毛扇指麾三軍

過宜賓見夷中亂山

一統志宜賓在叙州漢僰道後周外江唐義賓宋宜賓原注嘉祐四年作

江寒晴不知。遠見山上日。朦朧含高峰。晃蕩射峭壁橫

雲忽飄散。翠樹紛歷歷。行人挹孤光。飛鳥投遠碧。巒荒誰復愛。穠秀安可適。豈無避世士。高隱鍊精魄。誰能從之遊。路有豺虎迹。

後漢書避世牆東王君公黃氣陽精經金門日之通門也其內有金精冶鍊之地故立春之節日更鍊魄於金門之內

夜泊牛口

日落江霧生。繫舟宿牛口。居民偶相聚。三四依古柳。負薪出深谷。見客喜且售。煮蔬爲夜飧。安識肉與酒。朔風吹茅屋。破壁見星斗。兒女自咿嚘。亦足樂且久。人生本無事。苦爲世味誘。富貴耀吾前。貧賤獨難守。誰知深山子。甘與麋鹿友。置身落蠻荒。生意不自陋。今子獨何者。

汲汲强奔走。

高士傳披裘公曰五月披裘而負薪豈取遺金者哉詩深谷爲陵

牛口見月 原注時嘉祐元年始舉進士至京師作按詩意當是己亥適楚至牛口作也

掩牕寂已睡。月腳垂孤光。披衣起周覽。飛露洒我裳。山川同一色。浩若涉大荒。幽懷耿不寐。四顧獨彷徨。忽憶丙申年。京邑大雨霶。蔡河中夜決。橫浸國南方。車馬無復見。紛紛操桄郎。新秋忽已晴。九陌尚汪洋。龍津觀夜市。燈火亦煌煌。新月皎如晝。疎星弄寒芒。不知京國喧。謂是江湖鄉。今來牛口渚。見月重淒凉。卻思舊遊處。滿陌沙塵黄。

詩國風耿耿不寐如有隱憂莊子養生主爲之四顧

舟中聽大人彈琴

彈琴江浦夜漏永。斂衽竊聽獨激昂。風松瀑布已清絕。更愛玉珮聲琅璫。自從鄭衛亂雅樂。古器殘缺世已忘。千年寥落獨琴在。有如老仙不死閱興亡。世人不容獨反古。強以新曲求鏗鏘。微音淡弄忽變轉。數聲浮脆如笙簧。無情枯木今尚爾。何況古意墮渺茫。江空月出人響絕。夜闌更請彈文王。

琴錄吳忠懿王得天台寺中對瀑布泉屋柱斲二琴一號洗凡一號凊絕爲曠代之寶李白琴贊嶧陽孤桐石聳天骨根老水泉葉苦霜月斲爲綠綺徽聲粲發秋風入松萬古奇絕古今樂錄天寶十三載始詔道調法曲與胡部新聲合作自爾夷夏之聲相亂無復辨者拾遺記師涓造新曲以代古樂衛靈公情湎心惑怠於

政事史記孔子世家孔子學鼓琴師襄子十日不進曰得其爲人黯然而黑幾然而長眼如望羊心如王四國非文王其誰能爲此也師襄子辟席拜曰師蓋云文王操也

泊南牛口期任遵聖長官到晚不及見復來

江上有微徑，深榛煙雨埋。崎嶇欲取別，不見又重來。下馬未及語，固已慰長懷。江湖涉浩渺，安得與之偕。

韋應物詩一郡荊榛煙雨中陶潛歸去來辭既窈窕以窮壑亦崎嶇而經丘

江上看山

船上看山如走馬，倏忽過去數百羣。前山槎牙忽變態，後嶺雜遝如驚奔。仰看微逕斜繚繞，上有行人高縹緲。舟中舉手欲與言，孤帆南去如飛鳥。

詩大雅來朝走馬至于岐下莊子應帝王南海之帝爲儵北海之帝爲忽儵仝倏輿地志縹緲峰洞庭之最高者

留題仙都觀

山前江水流浩浩。山上蒼蒼松栢老。舟中行客去紛紛。古今換易如秋草。空山樓觀何崢嶸。眞人王遠陰長生。飛符御氣朝百靈。悟道不復誦黃庭。龍車虎駕來下迎。去如旋風摶紫清。眞人厭世不回顧。世閒生死如朝暮。學仙度世豈無人。飡霞絕粒長辛苦。安得獨從逍遙君。泠然乘風駕浮雲。超世無有我獨行。一作存

懷沙賦浩浩沅湘兮分流汨兮列仙傳王方平名遠漢桓帝問災祥題宮門數百字帝令削之墨入版矣嘗過吳門蔡經家遣使與麻姑相聞俄頃即至手似鳥爪衣有文章而非錦繡坐定各進行廚香氣達戶外擗麟脯行酒麻姑云接待以來東海三爲桑田蓬萊水又淺矣宴畢乘雲而去又陰長生新野人漢和帝后之曾

祖不好榮位從馬明生得度世法偕入青城山太清金液神丹成著書九篇白日昇天【古詩】飛符超羽翼神仙傳竇子明好釣魚於旋溪釣得白龍解放之三年龍來迎去【又】呼子仙者漢中卜師也壽百餘歲夜有仙人持二茅狗來子仙持一與嫗乃龍也騎之上華陰山【又】龔聖者結菴於道人峰上每乘龍往來【又】張道陵游雲綿洞煉丹青龍白虎旋繞其上【莊子天地篇】千歲厭世去而上仙乘彼白雲至於帝鄉逍遙遊不食五穀吸風飲露乘雲氣御飛龍而遊乎四海之外【又】列子御風而行泠然善也

屈原塔

【公自注】在忠州原不當有塔於此意者後人追思故爲作之

楚人悲屈原。千歲意未歇。精魂飄何處。父老空哽咽至今滄江上。投飯救飢渴。遺風成競渡。猿叫楚山裂。屈原古壯士。就死意甚烈。世俗安得知。眷眷不忍決。南賓舊屬楚。山上有遺塔。應是奉佛人。恐子就淪滅。此事雖無憑。此意固已切。古人誰不死。何必較考折。名聲實無窮。

富貴亦暫熱。大夫知此理。所以持死節。

史記屈原者名平楚之同姓也爲楚懷王左徒上官大夫短屈原於頃襄王王怒而遷之屈原至於江濱被髮行吟澤畔顏色憔悴形容枯槁乃作漁父之辭懷沙之賦懷石投汨羅而死李華弔古戰場文弔祭不至精魂何依續齊諧記屈原五月五日投汨羅江楚人哀之每至此日以竹筒貯米投水祭之漢建武中長沙區回白日見一人自稱三閭大夫謂回曰見祭甚善但苦爲蛟龍所竊今若有惠可以楝葉塞其上以五綵絲縛之此二物蛟龍所畏今人作粽子以此蓋其遺風也荊楚歲時記五月五日競渡人傷屈原故以舟檝救之方輿記南賓古巴子國尚書洪範五福考終命六極凶短折

新灘

扁舟轉山曲。未至已先驚。白浪橫江起。槎牙似雪城。番番從高來。一一投澗坑。大魚不能上。暴鬣一作腮灘下橫。小魚散復合。瀺灂如遭烹。鸕鷀不敢下。飛過兩翅輕。白鷺誇瘦捷。插腳還欹傾。區區舟上人。薄技安敢呈。只應灘頭廟賴此牛酒盈。

江淹別賦怨復怨兮遠山曲去復去兮長河湄司馬相如上林賦臨坻注壑瀺灂霣墜史記使得奏薄技出入周衛之中

新灘阻風

北風吹寒江，來自兩山口。初聞似搖扇，漸覺平沙走。飛雲滿嵓谷，舞電穿牕牖。灘下三日留，識盡灘一作山前叟。孤舟倦鵶軋，短纜困牽揉。嘗聞不終朝，今此何其久。只應留遠人，此意固亦厚。吾今幸無事，閉戶為飲酒。

老子飄風不崇朝驟雨不終日孰為此者天地天地猶不能久而況於人乎

昭君村

昭君本楚人，艷色照江水。楚人不敢娶，謂是漢妃一作家子。

誰知去鄉國。萬里爲胡鬼。人言生女作門楣。昭君當時憂色衰。古來人事盡如此。反覆縱横安可知。

一統志王嬙字昭君避晉文帝諱改曰明秭歸人今歸州有明妃廟漢書匈奴傳單于自言願壻漢氏以自親元帝以後宮良家子王嬙字昭君賜單于單于驩喜白居易詩生爲漢宮妃死作胡地鬼楊妃外傳貴妃寵幸時童謠曰生男勿喜女勿悲君看長大作門楣韓非說難及彌子色衰而愛弛得罪於君

黄牛廟

夷陵志黄牛峽重嶺峻絶加以江湍紆迴行者謡曰朝發黄牛暮宿黄牛三朝三暮黄牛如故

江邊石壁高無路。上有黄牛不服箱。廟前行客拜且舞。擊鼓吹簫屠白羊。山下耕牛苦磽确。兩角磨崖四蹄溼。青芻半束長苦飢。仰看黄牛安可及。

詩小雅睆彼牽牛不以服箱杜詩自有馮夷來擊鼓始知嬴女善吹簫李白詩三朝上黄牛三暮行太遲三朝復三暮不覺鬢成絲

蝦蟆培

峽州志扇子峽石中突而洩水獨清冷石狀如圭頭俗謂蝦蟆石其水煎茶爲第一培一作碚音佩

蟇背似覆盂蟇頤如偃月謂是月中蟇開口吐月液根源來甚遠百尺蒼崖裂當時龍破山此水隨龍出入江江水濁猶作深碧色稟受苦潔凊獨與凡水隔豈惟煮茶好釀酒應無敵

廣雅蠹蝦蟇也陸佃埤雅蝦蟇一名蟾蜍東方朔客難連四海之外以為帶安於覆盂張衡靈憲嫦娥奔月是為蟾蜍易乾鑿度月三日成魄八日成光蟾蜍體就穴鼻始明輿地紀勝竹泉在荊州松滋縣南宋至和初苦竹寺僧沒井得筆後黃庭堅謫黔過之視筆曰此吾蝦蟇碚所墜因知此泉與之相通其詩曰松滋縣西竹林寺苦竹林中甘井泉巴人謾說蝦蟇碚試裹春茶來就煎

留題峽州甘泉寺公自注姜詩故居

輕舟横江來弔古悲純孝逶迤尋遠迹婉孌見遺貌清泉不可挹涸盡空石窖古人飄何之惟有風竹鬧行行

翫村落戶戶懸網罩民風坦和平開戶夜無鈔叢林富筍茹平野絶虎豹嗟哉此樂鄉無乃姜子教後漢列女傳廣漢姜詩妻者同郡龐氏之女也詩事母至孝妻奉順尤篤母好飲江水水去舍六七里妻常泝流而汲後時值風不時得還母渴詩責而遣之妻乃寄止鄰舍晝夜紡績市珍羞使鄰母以意自遺其姑如是者久之姑怪問鄰母鄰母具對姑感慙呼還恩養愈謹姑嗜魚鱠又不能獨食夫婦嘗力作供鱠呼鄰母共之舍側忽有涌泉味如江水每旦輒出雙鯉魚嘗以供二母之膳

寄題清溪寺公自注在峽州鬼谷子之故居

口舌安足恃韓非死說難自知不可用鬼谷乃眞姦遺書今未亡小數不足觀秦儀固新學見利不知患嗟時無桓文使彼二子顛死敗無足怪夫子固使然君看巧更窮不若愚自安遺宮若有神頷首然吾言

漢婁敬傳上怒罵敬曰齊虜以口舌得官乃今妄言沮吾軍　史記韓非者韓之諸公子也作孤憤五蠹内外儲説難十餘萬言然韓非知説之難爲説難書甚具終死於秦不能自脱　史記蘇秦傳東事師於齊而習之於鬼谷先生　又乃閉室不出出其書徧觀之　張儀傳始嘗與蘇秦俱事鬼谷先生學術　尹知章鬼谷子序蘇秦張儀往事之受捭闔之術十有二章復受轉九胠篋三章儀秦知道未足行復往見先生曰爲子陳言至道齋戒擇日而往見先生乃正席而坐嚴顔而言告二子以全身之道　文心雕龍轉九騁其巧辭飛鉗伏其精術

荊門惠泉

公自注荊門山在宜都大江之南與虎山對

泉源從高來。走下隨石脈、紛紛白沫亂。隱隱蒼崖坼、縈回成曲沼。清澈見肝膈。衆瀉爲長溪、奔駛蕩蛙蟈。初開不容椀。漸去已如帛。傳聞此山中。神物懶一作頻遭謫。不能致雷雨。瀲灧吐寒碧。遂令山前人。千古灌稻麥。

説文泉水原也　周易山下出泉　爾雅泉一見一否爲瀸濫泉正出正出湧出也沃泉縣出縣出下出也氿泉穴出穴出反出也　僧史僧聞禪師住郃武山中一日有

老翁來謁曰我龍也以疲惰行雨天罰當死賴道力可脫乃化小蛇延緣入袖中夜風號霆擊山岳爲摇而師危坐不傾達旦蛇飛去

次韻答荆門張都官維見和惠泉詩

楚人少井飲。地氣常不洩。蓄之爲惠泉。坌若有所拆。泉源本無情。豈問濁與澈。貪愚彼二水。終古恥莫雪。只應所處然。遂使語異別。泉旁地平衍。泉上山巉嵲。君子慎所居。此義安可闕。古人貴言贈。敢用況高節。不爲冬霜乾。冒畏夏日烈。泠泠但不已。海遠要當徹。

圖經貪泉在廣州海南縣石門口卽吳隱所酌也舊經云登大庾嶺則濁穢之氣分飲石門泉則清白之質變 荆州記桂陽郡西南佰山水出注大溪號曰横溪水甚深冬夏不乾飲者輒冒於財賄俗謂之貪泉 南齊書范柏謂宋明帝帝言及廣州貪泉因謂曰卿州復有此不對曰梁州惟有文里武鄉廉泉讓水曰卿宅何在曰廉讓之閒 柳宗元愚溪序灌水之陽有溪焉東流入於瀟水余以愚觸罪謫瀟水上愛是溪故更名之爲愚溪 注愚溪在永州府城西 史記孔子世家辭去而老

二、送之曰吾聞富貴者送人以財仁人者送人以言王勃滕王閣序臨別贈言

浰陽早發

富貴本先（一作無）定。世、人自、榮枯。囂囂好名心。嗟我豈獨無。不能便退縮。但使進少徐。我行念西國。已分田園蕪。南來竟何事。碌碌隨商車。自進苟無補。乃是懶且愚。人生重意氣。出處夫豈徒。永懷江陽叟。種藕春滿湖。

史記蔡澤傳富貴吾所自有班固答賓戲朝爲榮華夕爲顦顇陶潛歸去來辭田園將蕪胡不歸漢書武帝元光六年冬初算商車注始稅商賈車船令出算原注江陽指眉州也

夜行觀星

天高夜氣嚴。列宿森就位。大星光相射。小星鬧若沸。天

人不相干。嗟彼本何事。世俗强指擿。一一立名字。南箕與北斗。乃是家人器。天亦豈有之。無乃遂自謂。迫觀知何如。遠想偶有似。茫茫不可曉。使我長歎喟。

春秋繁露天不剛則列星亂其行晉書凡五星盈縮失位其精降於地爲人歲星降爲貴臣熒惑降爲兒童歌謠嬉戲塡星降爲老人婦女太白降爲壯夫處於林麓辰星爲婦人吉凶之應隨其象告後漢書光武曰郎官上應列宿詩小雅維南有箕不可以簸揚維北有斗不可以挹酒漿漢儒林傳轅固曰此家人言耳劉向新論微子感牽牛星顏子感中台星張良感弧星樊噲感狼星老子感火星莊子大宗師傅說乘東維騎箕尾而比於列星唐書李白母夢長庚星而生白因以名之

漢水

捨棹忽逾月。沙塵困遠行。襄陽逢漢水。偶似蜀江淸。蜀江固浩蕩。中有蛟與鯨。漢水亦云廣。欲涉安敢輕。文王化南國。遊女儼如卿。洲中浣沙子。環珮鏘鏘鳴。古風隨世變寒水空泠泠過之不敢慢佇立整冠纓詩小雅滔滔江漢南國之紀寰宇記漢江在鄖陽府鄖縣漢中流入鄖縣其水因地而名曰漾曰沔曰漢曰滄浪總之為漢水也上至襄陽七百里下至沔陽州五百里異物志鯨鯢長百丈大亦稱之雄曰鯨雌曰鯢詩國風漢有游女不可求思漢之廣矣不可泳思世說王安豐婦曰親卿愛卿是以卿卿我不卿卿誰當卿卿舊經浣紗溪在荊州府夷陵州西北秋冬之月水色淨麗若浣紗然史記環珮玉聲璆然又滑稽傳冠纓索絕古詩李下不整冠

萬山公自注時獨不游問轍而作

西行度連山北出臨漢水漢水蹙成潭旋轉山之趾禪房久已壞古甃含清泚下有仲宣欄緪刻深容指回頭望西北隱隱龜背起傳云古隆中萬樹桑柘美月炯轉山曲山上見洲尾綠水帶平沙盤盤如抱珥山川近且秀不到懶成恥問之安能詳畫地費簪箠

襄陽志萬山在城西相傳鄭交甫所見游女居此山之下萬山東有王粲井卽仲宣樓在府城東粲依劉表卽此地非荆州也輿地志隆中山在府城北下卽諸葛亮隱居有三顧門漢書天文志抱珥蚕蜺注皆日旁氣也凡氣在旁直對爲珥在旁如半環向日爲抱後漢馬援傳於帝前聚米爲山谷指畫形勢開示衆軍所從道徑往來分析曲折昭然可曉蜀書許慈傳卓犖強識祖宗制度之儀喪紀五服之數皆指掌畫地舉手可采

隆中

諸葛來西國。千年愛未衰。今朝遊故里。蜀客不勝悲。誰言襄陽野。生此萬乘師。山中有遺貌。矯矯龍之姿。龍蟠山水秀。龍去淵潭移。空餘蜿蜒迹。使我寒涕垂。

蜀書諸葛亮傳字孔明瑯琊陽都人也躬畊隴畝好爲梁父吟時先主屯新野徐庶見先主曰諸葛孔明者臥龍也將軍豈願見之乎先主曰君與俱來庶曰此人可就見不可屈致也先主遂詣亮凡三往乃見漢晉春秋亮家於南陽之鄧縣在襄陽城西四十里號曰隆中揚雄解嘲孟軻雖連蹇猶爲萬乘師

竹葉酒

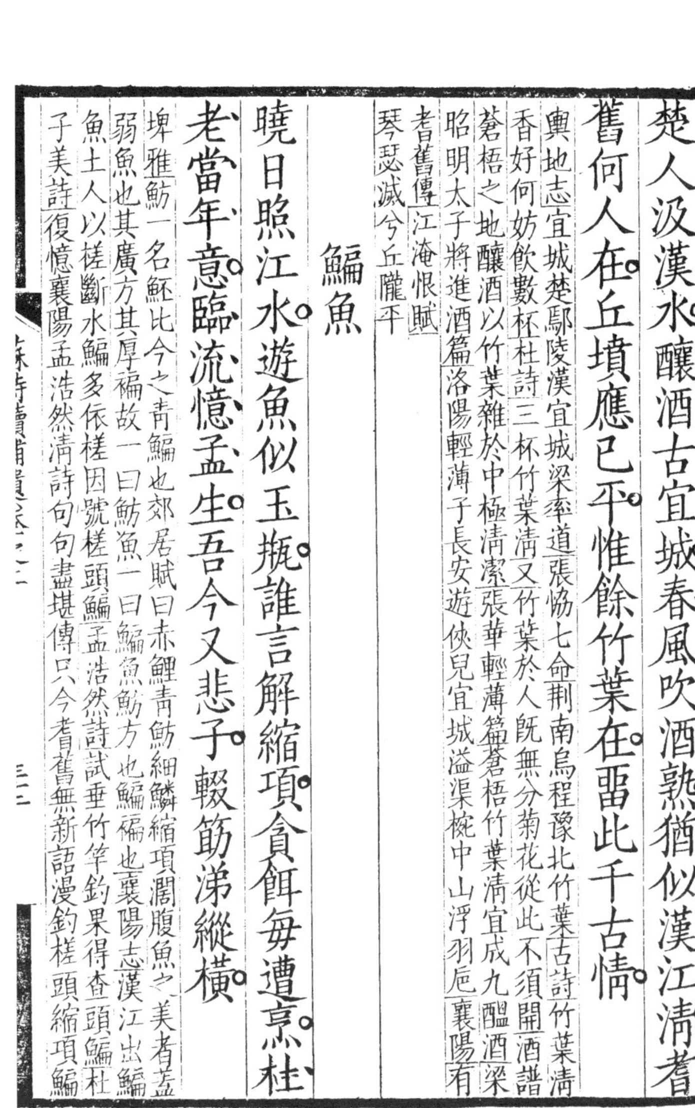

楚人汲漢水。釀酒古宜城。春風吹酒熟。猶似漢江清。耆舊何人在。丘墳應已平。惟餘竹葉在。留此千古情。

輿地志宜城楚鄢陵漢宜城梁率道張協七命荆南烏程豫北竹葉古詩竹葉清香好何妨飲數杯杜詩三杯竹葉清又竹葉於人既無分菊花從此不須開酒譜蒼梧之地釀酒以竹葉雜於中極清潔張華輕薄篇蒼梧竹葉清宜成九醖酒梁昭明太子將進酒篇洛陽輕薄子長安遊俠兒宜城溢渠椀中山浮羽卮襄陽有耆舊傳江淹恨賦琴瑟滅兮丘隴平

鯿魚

曉日照江水。遊魚似玉瓶。誰言解縮項。貪餌每遭烹。杜老當年意。臨流憶孟生。吾今又悲子。輟筯涕縱横。

埤雅魴一名魾比今之青鯿也郊居賦曰赤鯉青魴細鱗縮項濶腹魚之美者蓋弱魚也其廣方其厚褊故一曰魴魚一曰鯿魚魴方也鯿褊也襄陽志漢江出鯿魚土人以槎斷水鯿多依槎因號槎頭鯿孟浩然詩試垂竹竿釣果得查頭鯿杜子美詩復憶襄陽孟浩然清詩句句盡堪傳只今耆舊無新語漫釣槎頭縮項鯿

晉書翟莊傳莊以弋釣爲事後不復獵曰獵自我釣自物未能頓盡故先節其甚者且夫貪餌吞鉤豈我哉時人以爲名言

望夫臺 公自注在忠州南數十里

山頭孤石遠亭亭。江轉船回石似屏。可憐千古長如昨。船去船來自不停。浩浩長江赴滄海。紛紛過客似浮萍。誰能坐待山月出。照見寒影高伶俜。

晉蘇峻傳我寧山頭望廷尉不能廷尉望山頭郡國志昔人往楚累歲不還其妻登山望之久乃化爲石後山詩話望夫石在處有之詩以顧況山頭日日風和雨行人歸來石應語爲第一尚書禹貢江漢朝宗於海韓詩外傳二親之壽忽如過客李白春夜宴桃園序光陰者百代之過客周禮萍氏掌水禁鄭注以不沉溺取名蓋使之幾酒謹酒也月令季春萍始生舊說萍善滋生一夜七子一曰萍浮於流水則不生埤雅世說楊華入水化爲浮萍劉伶酒德頌俯觀萬物擾擾焉如江漢之載浮萍

永安宮 公自注今夔之永安門即宮之遺趾

千古陵谷變。故宮安得存。徘徊問耆老。惟有永安門。遊人雜楚蜀。車馬晚喧喧。不見重樓好。誰知昔日尊。吁嗟蜀先主。兵敗此亡魂。只應法正死。使公去遭燔。

蜀地記永安宮在夔州府治東今之府學也先主爲陸遜所敗還至白帝建此郎諸葛亮受遺命處杜子美詩崩年亦在永安宮毛詩高岸爲谷深谷爲陵三國志法正傳字孝直右扶風郿人也年四十五卒先主爲之流涕者累日諸葛亮與正雖好尚不同以公義相取先主將東征權以復關羽之恥羣臣多諫一不從章武二年大軍敗績還住白帝亮歎曰法孝直若在則能制主上令不東行就復東行必不傾危矣

八陣磧

平沙何茫茫。髣髴見石蕝。子悅切縱橫滿江上。歲歲沙水齧。孔明死已久。誰復辨行列。神兵非學到。自古不留訣。至人已心悟。後世徒妄說。自從漢道衰。蠭起盡姦傑。英雄不相下。禍難久連結。驅民市無烟。戰野江流血。萬人賭一擲。殺盡如沃雪。不爲久遠計。草草常無法。孔明最後起。意欲掃羣孽。崎嶇事節制。隱忍久不决。志大遂成迂。歲月去如瞥。六師紛未整。一旦英氣折。惟餘八陣圖千古壯夔峽。

水經注江水又東逕諸葛亮圖壘南石磧平曠望兼川陸有亮所作八陣圖東跨故壘皆累細石爲之自壘西去聚石八行行間相去二丈因曰八陣荆州圖記永安宮南一里渚下平磧上有孔明八陣圖聚細石爲之各高五尺廣十圍歷然棊布縱横相當中間相去九尺正中開南北巷悉廣五尺凡六十四聚成都圖經武侯八陣有三在夔者六十有四方陳法也嘉話録夔州之西市俯臨江岸沙石下看諸葛亮八陣圖箕張翼舒鵝形鸛勢象石分布宛然尚存峽水大時巴蜀雪消之際大樹十圍枯槎百丈破磑巨石隨波塞川而下水與岸齊雷奔山裂及乎水落川平萬物皆失故態唯陣圖小石分堆標聚行列依然如是者垂六七百年陶灑推激迨今不動劉禹錫曰是諸葛公誠心爲玄德効死況此法出六韜是太公上智之材所搆所以神明保持一定而不可攺也圖經夔人重諸葛公每歲以人

日傾城出游磧上謂之踏磧唐韻束茅表位曰蕝春秋傳置茅蕝也漢書叔孫通爲綿蕝之儀註立竹束茅以爲標準按石蕝字先生特借用其意耳蕝一音最

諸葛鹽井

公自注井有十四自山下至山上其十三井常空盛夏水漲則鹽泉迤邐遷去常去於江水之所不及

五行水本鹹。安擇江與井。如何不相入。此意復誰省。人心固難足。物理偶相逞。猶嫌取未多。井上無閑綆。

漢書蜀多鹽井羅褒以鹽井富洪範五行水曰潤下潤下作鹹甘泉記甘露泉在林縣五行之理相尅相勝山泉多甘而海水鹹蓋鹹者水歸本甘者土勝之也後漢書光武曰人苦不知足莊子天運篇名公器也不可多取又至樂篇綆短者不可以汲深

潁大夫廟

一統志洧川縣有純孝伯廟即潁考叔

人情難彊回。天性可微感。世人爭曲直。苦語費搖撼。大夫言何柔。暴主意自慘。荒祠傍孤塚。古隧有殘坎。千年惟茅焦。世亦貴其膽。不解此微言。脫衣徒勇敢。

左傳鄭莊公寘姜氏於城潁而誓之曰不及黃泉無相見也旣而悔之潁考叔爲潁谷封人聞之有獻於公公賜之食食舍肉公問之對曰小人有母皆嘗小人之食矣未嘗君之羹請以遺之公曰爾有母遺繄我獨無因語之故且告之悔對曰君何患焉若闕地及泉隧而相見其誰曰不然公從之遂爲母子如初史記呂不韋坐嫪毐免齊人茅焦說秦王云云說苑秦嫪毐之亂始皇遷太后於雍下令曰敢諫者死諫而死者二十七人齊客茅焦解衣立井幹之上而諫云云始皇釋之迎歸太后母子如初法言茅焦可謂劘虎牙矣趙雲別傳先主明旦自來至雲營圍視昨戰處曰子龍一身都是膽也

許州西湖

寰宇記許州周許國魏許昌北齊南鄭後周許州

西湖小雨晴。灩灩春渠長。來從古城角。夜半傳新響。使君欲春遊。浚洛役千掌。紛紜具畚鍤。鬧若蟻運壤。夭桃弄春色。生意寒猶快。惟有落殘梅。標格若矜爽。遊人坌已集。挈榼三且兩。醉客卧道傍。扶起尚偃仰。池臺信宏麗。貴與民同賞。但恐城市歡。不知田野愴。潁川七不登。

野氣長蒼莽。誰知萬里客。湖上獨長想。

一統志河南西湖一在許州一在鄢陵湖誌舊傳許潁陳蔡接壤之間皆有西湖而汝陽爲最孔武仲詩亭下湖光疑不流百尺高臺醮春綠劉伶酒德頌止則操巵執觚動則挈榼提壺惟酒是務焉知其餘說文榼酒器也莊子適莽蒼者三餐而反腹猶果然

江上值雪效歐陽體限不以鹽玉鶴鷺絮蝶飛舞之類爲比仍不使皓白潔素等字

縮頸夜眠如凍龜。雪來唯有客先知。江邊曉起浩無際。樹杪風多寒更吹。青山有似少年子。一夕變盡滄浪髭。方知陽氣在流水。沙上盈尺江無澌。隨風顛倒紛不擇。下滿坑谷高陵危。江空野闊落不見。入戶但覺輕絲絲。沾裳細看若一作巧刻鏤。豈有一一天工爲。霍然一麾遍九野吁此權柄誰執持。世間苦樂知有幾。今我幸免沾膚肌。山夫只見壓樵擔。豈知帶酒飄歌兒。天王臨軒喜有麥。宰相獻壽嘉及時。凍吟書生筆欲折。夜織貧女寒無幃。高人著屐踏冷冽。飄拂巾帽真仙姿。野僧斫路出門去。寒液滿鼻清淋漓。灑袍入袖溼靴底。亦有執版趨堦墀。舟中行客何所愛。願得獵騎當風披。草中咻咻有寒兔。孤隼下擊千夫馳。敲冰煮鹿最可樂。我雖不飲強倒巵。楚人自古好弋獵。誰能往者我欲隨。紛紜旋轉從滿面。馬上操筆爲賦之。

晉佛圖澄傳石季龍造太武殿初成圖畫自古賢聖忠臣孝子烈士貞女旬餘頭悉縮入肩中惟冠髮髣髴微出雪賦盈尺則呈瑞於豐年後漢書河水流澌無船

不可渡朝野僉載要宜麥見三白世說羣公對雪尚隆之曰麵堆金井誰謂湯餅
吳汞素曰玉滿天山難刻佩環坐閒服其韻精宋書大同中元日雪花降殿庭右
將軍謝莊下殿雪集衣白上以爲嘉瑞羣臣皆作雪花詩賀褚少孫補史記齊東
郭先生衣敝不完行雪中履有上無下足盡踐地道中人笑之晉書王恭嘗披鶴
氅涉雪而行孟昶見
之曰此眞神仙中人

渚宮

渚宮寂寞依古郢。楚地荒茫非故基。二王臺閣已鹵莽。公自注湘東王高氏何況遠問縱橫時。楚王獵罷擊靈鼓。猛士操舟張水嬉。釣魚不復數魚鼈。大鼎千石烹蛟螭。當時郢人架宮殿。意思絕妙般與倕。飛樓百尺照湖水。上有燕趙千娥眉。臨風揚揚意自得。長使宋玉作楚詞。秦兵西來取鍾簴。故宮禾黍秋離離。千年壯觀不可復。今之存者蓋已卑池空野迥樓閣小惟有深竹藏狐狸臺中絳帳誰復見臺下野水一作鴨浮清猗綠牕朱戸春晝閑想見深屋彈朱絲腐儒亦解愛聲色何用白首談孔姬沙泉半涸草堂在破牕無紙風颸颸陳公蹤跡最未遠士一作七瑞寥落今何之百年人事知幾變直恐荒廢成空陂誰能爲我訪遺迹草中應有湘東碑

輿圖江陵秦郢地今荊州寰宇記江陵渚宮楚襄王建梁元帝卽位楚宮卽此史記司馬相如子虛賦楚亦有平原廣澤游獵之地饒樂若此者乎楚王之獵何與寡人又擊靈鼓起烽燧上林賦撞千石之鍾立萬石之鉅墨子公輸般造雲梯而攻舜典帝曰疇若予工僉曰垂哉帝曰俞咨垂汝共工韓詩雕鐫妙工倕史記管晏列傳意氣揚揚甚自得也宋玉高唐賦昔者楚襄王與宋玉遊於雲夢之臺望高唐之觀王曰試爲寡人賦之九辯序九辯者楚大夫宋玉之所作也宋玉屈原弟子閔惜其師忠而放逐故作九辯以述其志史記王翦傳李信攻平輿蒙恬攻寢大破荊軍信又攻鄢郢破之於是引兵而西又殺其將項燕因乘勝畧定荊地

城邑歲餘虜荆王負芻竟平荆地爲郡縣詩國風彼黍離離彼稷之苗序周室東遷大夫行役過故宗廟宫室盡爲禾黍故賦此詩元稹連昌宫詞連昌宫中滿宫竹又夜夜狐狸上牆屋荆州記府城西南有馬融絳帳臺與渚宫不遠孔姬謂孔子周公南史梁元帝諱繹字世誠小字七瑞武帝第七子也十三年封湘東王

出峽

入峽喜巉巖出峽愛平曠吾心淡無累遇境即安暢東西徑千里勝處頗屢訪幽尋遠無厭高絶每先上前詩尚遺略不録久恐忘憶從巫廟回中路寒泉漲汲歸眞可愛翠碧光滿盎忽驚巫峽尾岩腹有穿壙仰見天蒼蒼石室開南嚮宣尼古廟宇叢木作幃帳鐵楯横半空俯瞰不計丈古人誰架構下有不側浪石竇見天囷瓦棺悲古葬新灘阻風雪村落去攜杖亦到龍馬溪茅屋

沽村釀玉虛悔不至實爲舟人誑聞道石最奇寤寐見怪狀峽山富奇偉得一知幾喪苦恨不知名歷歷但想像今朝脫重險楚水渺平蕩魚多客庖足風順行意王追思偶成篇聊助舟人唱

夔州志巫山在大江之濱形如巫字路史舜崩以死棺葬於紀是爲鳴條三峽記巫峽與瞿唐峽歸峽世稱三峽連亘七百里重巖疊嶂隱蔽天日非亭午夜分不見日月水經云杜宇所鑿古謠巴東三峽巫峽長猿鳴三聲淚霑裳寰宇記馬鳴溪在夔州府俗稱龍馬溪昔上人牧馬於溪上産龍駒四蹏利爪朱鬉赬尾高可七尺州將聞之以貢行在所載至溪口攘鬣長鳴躍於江溪以名易坎卦習坎注習重習也坎險陷也彖曰習坎重險也

神女廟

大江從西來上有千仞山江山自環擁恢詭富神姦深淵鼉鱉橫去聲巨壑蛇龍頑旌陽斬長蛟雷雨移蒼灣蜀

守降老蹇至今帶連鐶縱橫若無主蕩逸侵人寰上帝降瑤姬來處荆巫閒神仙豈在猛玉坐幽且閑飄蕭駕風馭彌節朝天關倏忽巡四方不知道里艱古粧具法服邃殿羅煙鬟百神自奔走雜沓來趨班雲輿靈怪聚雲散鬼神還茫茫夜潭靜皎皎秋月彎還應摇玉珮來聽水潺潺

左傳使民知神姦許旌陽傳旌陽於豫章遇一少年自稱愼郎眞君與語知非人類謂門人施太玉曰此蜃精宜亟翦戮彼今化爲黄牛我當化黑牛以逐之以手巾挂膊爲識俄龍沙州一黑牛奔赴黄牛而來太玉以劍揮之中其左股因投於井自井徑歸潭州先是少年以珍寶數萬娶潭州刺史賈至女至是眞君見賈曰聞君有貴壻愼郎乃蛟蜃老魅焉敢遁形蜃遂變本形爲吏所殺神異記蜀守李冰降毒龍蹇氏鎖之於江上水害遂息誓水碑記李冰鑿山導江其神怒化爲牛出沒波上冰操刀入水殺之因立五石犀於水旁誓曰淺毋至足深毋至肩水害遂息神女廟石刻瑤妃西王母之女稱雲華夫人助禹驅神鬼斬石疏波有功見

祀今封妙用眞人廟額曰凝眞觀襄陽耆舊傳赤帝女曰瑤姬未行而卒葬於巫山之陽故曰巫山之女楚懷王遊於高唐晝寢夢與神遇遂爲置觀於巫山之南號爲朝雲宋玉神女賦於是搖珮飾鳴玉鸞

巫山

瞿塘迤邐盡。巫峽崢嶸起。連峰稍可怪。石色變蒼翠。天工運神巧。漸欲作奇偉。坱軋勢方深。結構意未遂。旁觀不暇瞬。步步造幽邃。蒼崖忽相逼。絕壁凜可悸。仰觀八九頂。俊爽凌顥氣。晃蕩天宇高。崩騰江水沸。孤超兀不讓。直拔勇無畏。攀緣見神宇。憩坐就石位。巉巉隔江波。一一問廟吏。遙觀神女石。綽約誠有以。俯首見斜鬟。拖霞弄修帔。人心隨物變。遠覺含深意。野老笑吾旁。少年嘗屢至。去隨猿猱上。反以繩索試。石笋倚孤峰。突兀殊不類。世人喜神怪。論説驚幼稚。楚賦亦虛傳。神仙安有是。次問掃壇竹。云此今尚爾。翠葉紛下垂。婆娑綠鳳尾。風來自偃仰。若爲神物使。絶頂有三碑。詰曲古篆字。老人那解讀。偶見不能記。窮探到峰背。採斫黃楊子。黃楊生石上。堅瘦紋如綺。貪心去不顧。澗谷千尋縋。山高虎狼絶。深入坦無忌。洪濛草樹密。蔥蒨雲霞膩。石竇有洪泉。甘滑如流髓。終朝自盥漱。冷冽清心胃。浣衣挂樹梢。磨斧就石鼻。徘徊雲日晚。歸意念城市。不到今十年。衰老筋力憊。當時伐殘木。牙櫱已如臂。忽聞老人説。終日爲嘆喟。神仙。固有之。難在。忘勢。利。貧賤爾何愛棄去如脫屣。嗟爾若無還。絕粮應不死。

劉安招隱士坱兮軋山曲岪心淹留兮恫荒忽答賓戲超忽荒而蹻蒼顥封禪書肇自顥穹師古注顥灝也元氣浩汗故曰顥招隱士攀緣桂枝兮聊淹留荊州圖記天門角上特生一竹倒垂拂拭謂之天帚永嘉記陽嶼有仙石山頂上有平石方十餘丈名爲仙壇壇陬凡有四竹葳蕤青翠風來動音自成宮商石上淨潔初無塵穢相傳云曾有卻粒者於此羽化故謂之仙壇仙經曰神山五百歲一開其中石髓出得而服之壽與天相畢金玉之精也神仙傳王烈入太行山忽見山破石裂青泥流出如髓烈取食之如飴史記封禪書於是天子曰嗟乎吾誠得如黃帝吾視去妻子如脫躧耳

觀大水望朝陽巖作

朝陽巖前不結廬。下瞰江水百步餘。春泉濺濺出乳竇。青莎白石半涔涂。不到津頭二三日。誰知江水漲天墟。遥望橫盃不敢濟。巖口正有人罾魚。

列子無底之谷名曰歸墟

滄洲亭懷古

湘水悠悠天際來。夾江古木抱山回。城中人物若可數。日晏市散多蒼苔。九嶷巉天古雲埋。遥想帝子龍車迴。心哀目極何可望。九歌寂寂令人哀。

長沙志湘江府城西水至清澈圖經九嶷山在寧遠屬衡州府唐元結九嶷圖記九峰相似望而疑之故名太公曰舜死於蒼梧之埜歸葬於江南之九嶷王韶之神鏡記九嶷山半皆植松竹夾路有青瀾澗生黃色蓮花香氣盈谷又有九井昔何侯煉丹於此汲一井則九井皆動屈原九歌帝子降兮北渚又九嶷繽兮並迎靈之來兮如雲尚書大禹謨九功惟叙九叙惟歌又勸之以九歌俾勿壞按此因九嶷而思舜故言九歌寂寂似非屈原九歌也

柏家渡

柏家渡西日欲落。青山上下猿鳥樂。欲因新月望吳雲。

遥看北斗挂南嶽。一夢惛惛四十秋。古人不死終未休。草舍蕭條誰與語。香風欲過白蘋洲。寰宇記衡山卽南嶽也周八百里上有七十二峰其峯高峻者五而祝融爲最九域志南嶽衡山上承翼軫鈐總萬物故名衡山度應斗衡位直離宮故曰南岳左傳祈招之愔愔唐韻愔靖也

清遠舟中寄耘老一統志清遠漢中宿地在今廣州宋史賈收字耘老烏程人有詩名喜飲酒李公擇蘇子瞻與之游

小寒初度梅花嶺。萬壑千岩背人境。清遠聊爲泛宅行。一夢分明墮鄉井。覺來滿眼是湖山。鴨綠波搖鳳凰影。海陵居士無雲梯。歲晚結廬頫水湄。山腰自懸蒼玉珮。野馬不受黃金羈。門前車蓋獵獵走。笑倚清流數髯絲。

汀洲相見春風起，白蘋吹花散烟水。萬里飄蓬未得歸。目斷滄浪淚如洗。北鴈南來遺素書，苦言大浸沒我廬。清齋十日不燃鼎。曲突往往巢龜魚。今年玉粒賤如水。青銅欲買囊已虛。人生百年如寄爾。七十朱顏能有幾。有子休論賢與愚。倪生枉卻帶經鋤。天南看取東坡叟。可是平生廢讀書。

南安志大庾嶺其上多植梅又名梅嶺世說顏眞卿爲湖州刺史張志和來謁眞卿以其舟敝漏請更之志和曰願爲浮家泛宅往來苕霅間道經太上玉珮金鐺吳筠詩白馬黄金羈後漢獨行傳范冉所止單陋有時絶粒閭里歌之曰甑中生塵范史雲釜中生魚范萊蕪漢兒寬傳受業孔安國貧無資用嘗爲弟子都養時行賃作帶經而鋤

書堂嶼

蒼山古木書堂嶼北出湘水百餘步誰爲往來虧世界至今人指安禪處豈無驚蛇與飛鳥後來那復知其趣不知我身今是否空記名稱作常住

楞嚴經了然自知獲本妙心常住不滅釋典初禪修五法四禪離八災患名不動地是爲安禪

戲詠子舟畫兩竹兩鸜鵒

風晴日煖搖雙竹竹閒對語雙鸜鵒鸜鵒之肉不可食人生不才果爲福子舟之筆利如錐千變萬化皆天機未知筆下鸜鵒語何似夢中蝴蝶飛

春秋昭二十五年有鸜鵒來巢廣雅鸜鵒似鴝而有幘兩翼有白點剪其舌可教以人語方言鸜鵒一名寒皐杜詩有鳥名鸜鵒力不能高飛肉味不足登鼎俎胡爲見羈虞網中南郭新書柳公權筆偈曰圓如錐捺如鑿只得入不得卻莊子齊物論昔者莊周夢爲蝴蝶栩栩然蝴蝶也人閒世故未終其天年而中道之夭於

斧斤此材之患也不
才爲福句與莊同旨

贈山谷子

黃童三尺世無雙筆頭哀哀懸秋江不憂老子難爲父平生崛強今心一作已降我來喜共阿戎語應敵縱橫如急雨生子還如孫仲謀豚犬謾多何足數黃家小兒名拾得眉如長松眼如漆只今數歲已動人老人留眼看他日笑君老蚌生明珠自笑此物吾家無君當置酒我當賀有兒傳業更何須

後漢書天下無雙江夏黃童再見晉伏滔傳孝武帝嘗會於西堂滔豫坐還下車先呼子系之謂曰百人高會天子先問伏滔在坐不爲人作父如此定何如也晉王戎傳阮籍常適戎父渾俄頃輒去過戎良久然後出謂渾曰共卿言不如共阿戎談三國志曹公曰生子當如孫仲謀若劉景升兒子豚犬耳晉杜乂傳王羲之

見而目之曰膚若凝脂眼如點漆此神仙人也孔融與韋端書不意雙珠近出老蚌

鰒魚行

漸臺人散長弓射。初啖鰒魚人未識。西陵衰老繐帳空。
肎向北河親饋食。兩雄一律盜漢家。嗜好亦若肩相差。
食每對之先太息。不因噎嘔緣瘡痂。中間霸據關梁隔。
一枚何啻千金直。百年南北鮭菜通。往往殘餘飽臧獲。
東隨海舶號倭螺。異方珍寶來更多。磨沙瀹瀋成大胾。
剖蚌作脯分餘波。君不聞蓬萊閣下駝棊島。八月邊風
備胡獠。舶船跋浪黿鼉震。長鑱鏟處崖谷倒。膳夫善治
薦華堂。坐令雕俎生輝光。肉芝石耳不足數。醋芼魚皮

眞倚牆中都貴人珍此味。糟浥油藏能遠致。割肥方厭萬錢厨。决皆可醒千日醉。三韓使者金鼎來。方奩饋送煩輿臺。遼東太守遠自獻。臨菑掾吏誰爲材。吾生東歸收一斛。包苴未肎鑽華屋。分送羹材作眼明。卻取細書防老讀。

漢書郊祀志北治大池漸臺高二十餘丈名曰泰液師古注漸浸也臺在池中受水所浸故曰漸臺漢武故事漸臺高三十丈南有壁門三層內殿堂陛咸以土爲之鑄銅鳳凰高五丈飾以黃金棲屋上漢王莽傳莽就車之漸臺欲阻池水猶抱持符命威斗軍人入殿中呼曰反虜王莽安在有美人出房曰在漸臺衆兵追之圍數百重臺上亦弓弩與相射稍稍落去矢盡無以復射短兵接初莽憂懣不能食亶飲酒啗鰒魚亶與但通一統志銅雀臺在彰德府臨漳縣魏操所築上有樓鑄大銅雀高一丈五尺置之樓巔操臨終遺令施繐帳於上使宮人歌吹帳中望吾西陵墓田世說劉邕嘗詣孟靈休靈休先患灸瘡痂落在牀邕取食之靈休大驚痂未落者悉褫噉邕邕去靈休與何勗書曰適劉邕向顧見噉遂擧體流血注瘡痂味似鰒魚故也南史褚彥回傳時淮北屬江南無復鰒魚或有間關得至者

一枚直數千錢人有餉彥回鰒魚三十枚彥回時雖貴而貧薄過甚門生有獻計賣之云可得十萬錢彥回呆之傳清貧自業食惟有韭葅瀹生韭雜菜任昉嘗戲之曰誰謂庾郎貧食鮭嘗有二十七種注韭與九同音故謂三韭是二十七廣志鰒無鱗有殼一面附石細孔雜雜或七或九北齊顏之推云即石決明內旁一年一孔至十二孔而止以合歲數登州所出其味珍絶光武時張步據青徐遣使詣闕上書獻鰒魚即此本草鰒魚治青盲失精方輿記蓬萊閣在登州丹崖山閣上望海如鏡忽有若黑豆數點者郡人云海舶至矣不一炊許已至閣下駞碁島一曰鼉磯島在蓬萊海中產硯石金星雪浪者佳晉書何曾廚膳滋味擬於王者日食萬錢猶云無下箸處魏都賦醇酎中山流湎千日志怪齊人田無已釀千日酒過飲一斗醉臥千日方醒搜神記狄希中山人能造千日酒飲之千日醉又劉玄石千日醉見博物志莊子列禦寇小夫之智不離苞苴竿牘敝精神乎蹇淺

次韻水官詩

淨因大覺璉師以閻立本畫水官遺編禮公公既報之以詩謂某汝亦作某頓首再拜次韻仍錄二詩爲一卷以獻附老泉詩水官騎蒼龍龍行欲上天手攀時且住浩若乘風船不知幾何長足尾猶在淵下有二從

臣左右乘魚龍矍鑠相顧視風舉衣袂翻女子侍君側白頰垂雙鬟手執雉尾扇容如未開蓮從者八九人非鬼非戎蠻出水未成列先登揚旗擅長刀擁旁牌白羽注强拳雖服甲與裳狀貌猶鯨鱣水獸不得從仰面以手扳空虛走雷霆雨雹晦九川風師黑虎囊面目昏塵烟翼從三神人萬里朝天關我從大覺師得此詭怪編畫者古閻子於今三百年見者誰不愛子者誠已難在我猶在子此理寧非禪報之以好詞何必畫在前

高人豈學畫。用筆乃其天。譬如善游人。一一能操船。閻子本逢掖。疇昔慕雲淵。丹青偶爲戲。染指初嘗黿。愛之不自已。筆勢如風翻。傳聞正觀中。左衽解椎髻。南夷羞白雉。佛國貢青蓮。詔令擬王會。別殿寫戎蠻。熊冠金絡額。豹袖擁幡旜。傳入應門內。俯伏脫劍弮。天姿儼龍鳳雜沓朝鵬鱣。神功與絕跡。後世兩莫扳。自從李氏亡。羣盜竊山川長安三日火。至寶隨飛煙。尚有脫身者。漂流出東關。三官豈容獨。得此今已編。吁嗟至神物。會合當有年。京城諸權貴。欲取百計難。贈以玉如意。豈能動高禪。信應一篇詩。皎若畫在前。

莊子達生篇顔淵問仲尼曰吾嘗濟乎觴深之淵津人操舟若神吾問焉曰操舟可學耶曰可善游者數能若乃夫沒人則未嘗見舟而便操之也江淹別賦雖淵雲之墨妙嚴樂之筆精注王褒字子淵揚雄字子雲唐書閻立本傳太宗與侍臣泛舟春苑池見異鳥容與波上悅之詔坐者賦詩而召立本侔狀閤外傳呼畫師閻立本是時已爲主爵郎中俯伏池左研吮丹粉望坐者羞悵流汗歸戒其子曰吾少讀書文辭不減儕輩今獨以畫見名與廝役等若曹愼毋習然性所好雖被訾屈亦不能罷也既輔政但以應務俗材無宰相器時姜恪以戰功擢左相故時人有左相宣威沙漠右相馳譽丹青之嘲左傳楚人獻黿於鄭靈公公子公之食指動謂子家曰必嘗異味及宰夫解黿食大夫不與子公子公染指於鼎嘗之而出譚賓錄貞觀三年東蠻謝元深入朝中書侍郎顔師古奏言昔周武王治致太平遠國歸款乃集其事爲王會篇可圖寫貽後以彰服遠之德從之乃命尚書閻立本畫之爲職貢圖唐畫斷閻立德創職貢圖異方人物詭怪之狀弟立本畫國王

粉本昔南北兩朝名手不是過也唐太宗本紀龍鳳之姿天日之表胡琮別傳吳時秣陵掘地有得白玉如意大帝以問琮琮對曰秦始皇以金陵有天子氣處處輒埋寶物以當王氣此殆是乎

弔徐德占 幷序

余初不識德占但聞其初爲呂惠卿所薦以處士用元豐五年三月偶以事至蘄水德占聞余在傳舍惠然見訪與之語有過人者是歲十月聞其遇禍作詩弔之

美人種松栢欲使低映門栽培雖易長流惡病其根哀哉歲寒姿骫髒誰與論一作言竟爲明所悞不免刀斧痕一遭兒女汚始覺山林尊從來覓棟梁未免傍籬藩南山

隔秦嶺。千樹龍蛇奔。大厦若畏傾。萬牛何足言。不然老巖壑。合抱枝生孫。死者不可悔。吾將遺後昆。

柳宗元枯松詩不以險自防遂爲明所誤杜甫古柏行大厦如傾要梁棟萬牛回首丘山重

題李伯時淵明東籬圖

彼哉嵇阮曹。終以明自膏。靖節固昭曠。歸來侶蓬蒿。新霜著疎柳。大風起江濤。東籬理黃華。意不在芳醪。白衣挈壺至。徑醉還遊遨。悠然見南山。意與秋氣高。

顏延年陶徵士誄夫實以誄華名由謚高苟允德義貴賤何算焉若其寬樂令終之美好廉克己之操其合謚典無愆前志故詢諸友好宜謚曰靖節徵士續晉陽秋陶潛嘗九月九日無酒於宅邊東籬下菊叢中摘盈把坐其側未幾望見白衣人至乃刺史王弘送酒也即便就酌醉而後歸陶詩采菊東籬下悠然見南山杜甫詩每恨陶彭澤無錢對菊花如今九日至自覺酒須賒杜牧詩南山與秋色氣勢兩相高

李白謫仙詩

我居青空裏君隱黃埃中聲形不相弔心事難形容欲乘明月光訪君開素懷天盃飲清露展翼登蓬萊佳人持玉尺度君多少才玉尺不可盡君才無時休對面一笑語共躡金鼇頭絳宮樓闕百千仞霞衣誰與雲煙浮

韓退之謁衡嶽廟詩須臾靜掃衆峰出仰見突兀撐青空唐書上官婉兒初生時其母夢神與大稱曰持此稱量天下又趙光逢以文章名人謂玉界尺紀聞談錄有海客言一夜見海中大鼇浮出目光照耀天地如白晝蓋金鼇也

數日前夢一僧出二鏡求詩僧以鏡置日中其影甚異其一如芭蕉其一如蓮花夢中與作詩

君家有二鏡光景如湛盧或長如芭蕉或圓如芙蕖飛

電著子壁。明月入我廬。月下合三璧。日月跳明珠。問子是非我。我是非文殊。

越絶書歐冶乃因天之精神悉其伎巧造爲大劍三小劍二一曰湛盧二曰純鉤三曰勝邪四曰魚腸五曰巨闕吳王闔廬之時得其勝邪魚腸湛盧闔廬亡道子女死殺生以送之湛盧之劍去之如水楞嚴經如汝文殊更有文殊是文殊者爲無文殊如第二月誰爲是月又誰非月又於自心現大圓鏡

飲酒四首

我觀人間世。無如醉中眞。虛空爲銷殞。況乃百憂身。惜哉知此晚。坐令華髮新。聖人驟難得。日且致賢人。

莊子有人間世篇楞嚴經阿難汝觀世間可作之法誰爲不壞然終不聞爛壞虛空又我此無常變壞之身雖未曾滅我觀現前念念遷謝新新不住如火成灰漸漸銷殞魏書徐邈傳時科禁酒而邈私飲至於沉醉校事趙達問以曹事邈曰中聖人達白之太祖太祖甚怒渡遼將軍鮮于輔進曰平日醉客謂酒清者爲聖人濁者爲賢人

左手持蟹螯。舉觴矚雲漢。天生此神物。爲我洗憂患。山川同恍惚。魚鳥共蕭散。客至壺自傾。欲去不得閒。

晉畢卓傳卓嘗謂人得酒滿數百斛船四時甘味置兩頭右手持酒杯左手持蟹螯拍浮酒船中便足了一生矣魏武短歌何以解憂惟有杜康

有客遠方來。酌我一甌茗。我醉方不啜。强啜忽復醒。既鑿渾沌氏。遂遠華胥境。操戈逐儒生。舉觴還酩酊。

莊子應帝王日鑿一竅七日而渾沌死列子黃帝晝寢夢遊華胥其國入水不溺入火不爇乘空如履實寢虛若處牀旣寤怡然自得其後天下大治幾若華胥矣又宋陽里華子中年病忘會有儒生自媒能治之華子之妻子以居產之半請其方儒生獨與居七日而積年之疾一朝俱除華子旣悟乃大怒黜妻罰子操戈逐儒生曰曩吾忘也蕩蕩然不覺天地之有無今頓識旣往數十年來存亡得失哀樂好惡擾擾萬緒起矣須臾之忘可復得乎

雷觴淡於水。經年不濡唇。爰有擾龍裔。爲造英靈春。英靈韻甚高。蒲萄難與鄰。他年血食汝。當配杜康神。

家語君子之交淡於水左傳有劉累者善擾龍洛陽伽藍記河東人劉白墮善釀六月以罌貯酒暴於日中經一旬其酒不動飲之香美醉而經月不醒朝貴相餉踰於千里以其遠至號曰鶴觴如鶴之一飛千里也史記大宛國以葡萄爲酒富人藏酒至萬餘石久者至數十歲不敗世本杜康作秫酒晉江統酒誥酒之所興肇自上皇或曰儀狄一曰杜康唐王績傳聞大樂署焦革家善釀復求爲大樂丞革死妻送酒不絶歲餘又死乃弃官去所居東南有盤石立杜康祠以焦革配

大雪獨畱尉氏

尉氏屬河南開封府本秦縣

古驛無人雪滿庭。有客冒雪來自北。紛紛笠上已盈寸。下馬登堂面蒼黑。苦寒有酒不能飲。見之何必問相識。我酌徐徐不滿觥。看客倒盡不畱湰。千門晝閉行路絶。相與笑語不知夕。醉中不復問姓名。上馬忽去橫短策。

左傳楚子乘驛爾雅馹遽傳也漢書注傳若今之驛古者以車謂之傳車其後單置馬謂之驛騎詩小雅彼都人士臺笠緇撮古注臺夫須也卽莎草謂以夫須皮爲笠所以禦暑雨左傳繞朝贈之以策注馬鞭也晉元逸傳送客冒寒舉體凍濕

阮籍嘯臺 在尉氏東南城隅

阮生古狂達遁世默無言猶餘胸中氣長嘯獨軒軒高情遺萬物不與世俗論登臨偶自寫激越蕩乾坤醒爲嘯所發飲爲醉所昏誰能與之較亂世足自存

陳留風俗傳阮嗣宗善嘯聲與琴諧陳留有阮公嘯臺世說袁羊古之遺狂晉書阮籍字嗣宗陳留尉氏人嗜酒能嘯善彈琴文帝初欲爲武帝求婚於籍籍醉六十日不得言而止籍雖不拘禮教然發言玄遠口不臧否人物嘗於蘇門山遇孫登與商畧終古及栖神導氣之術登皆不應籍因長嘯而退至半嶺聞有聲若鸞鳳之音響乎巖谷乃登嘯也又籍本有濟世志屬魏晉之際天下多故名士少有全者籍由是不與世事遂酣飲爲常

留別叔通元弼坦夫

田三昔同寮向我每傾倒當年或齟齬反覆看愈好寇三我部民孝悌化鄰保有如袁伯業苦學到衰老石生

吾邑子勁立風中草宦遊甑生塵飯水媢翁媼我窮交舊絶計拙集枯槁三子尤見存往復紛紵縞迎我淮水北送我睢陽道願存金石契凜凜貫華皓

左傳同官為寮吾嘗同寮敢不盡心乎文帝典論太祖稱長大而能勤學者惟吾與袁伯業耳魏武本紀山陽太守袁遺注字伯業紹從兄古詩疾風知勁草塵甑范萊蕪事注見前史記吾翁即若翁又母曰劉媪注媪母別名音烏老反一曰媪女老稱也後世父母稱翁媪本此莊子天下篇雖枯槁不舍也才士也夫國語人皆集於菀子獨集於枯左傳吳季札聘於鄭見子產如舊相識與之縞帶子產獻紵衣焉韓詩外傳熊渠子見其誠心而金石為之開况於人乎孟郊審交詩莫躡冬冰堅中有潛浪翻惟當金石交可與賢達論華顛皓首皆謂白頭

和寄天選長官

寓形宇宙間佚我方以老流光安足恃百歲同過鳥頃子縈網羅文采緣自表自古山林人何曾識機巧但記

寒巖翁論心秋月皎黃香十年舊禪學參衆妙虛懷養天和冐狗奔走鬧官居職事理晨起何用早桐陰滿西齋叱吏供灑掃眷子東南來野飯煑芹蓼葆光旣淸尚令尹亦高蹈相將古寺行軟語頹晩照公家有畸人公有族人隱嵩山虛緣能自保卜築嵩山陽何一作行當從結好中山饒勝景一覽未易飽何時命巾車共陟雲外嶠翻然一作思筋力疲不復追踴跳公詩擬南山雄拔千丈峭形容逼天眞邂逅識其要藩籬吾未窺敢議窮閫奧

歸去來辭寓形宇內復幾時莊子大宗師大塊載我以形勞我以生佚我以老息我以死金樓子楚國龔舍初隨楚王朝宿未央宮見赤蜘蛛大如栗四面縈羅網有蟲觸之而死者進而不能得出焉舍乃歎曰吾生亦如是耳仕宦人之羅網也豈可淹歲於是挂冠而退時人謂之蜘蛛隱莊子齊物論此之謂葆光大宗師畸

人者畸於人而侔於天杜子美詩夜闌接軟語歸去來辭或命巾車或棹孤舟孔叢子巾車命駕將適唐都注以衣飾車也韓退之有南山詩凡百有二韻詩國風邂逅相遇適我願兮宋玉對楚王問夫藩籬之鷃豈能與之料天地之高哉爾雅西南隅謂之奧

昭陵六馬唐文皇戰馬也琢石象之立昭陵前

客有持此石本示予爲賦之

天將刬隋亂帝遣六龍來森然風雲姿颯爽毛骨開飈馳不及視山川儼莫回長鳴視八表擾擾萬駑駘秦王龍鳳姿魯鳥不足摧腰間大白羽中物如風雷區區數豎子搏取若提孩手持掃天帚六合如塵埃艱難濟大業一一非常才維時六驥足績與英衛陪功成鏘八鸞玉輅行天街荒涼昭陵闕古石埋蒼苔

唐書太宗本紀生四歲有書生謁高祖曰公在相法貴人也然必有貴子及見太宗曰龍鳳之姿天日之表其年幾冠必能濟世安民周禮馬八尺以上爲龍杜子美詩英姿颯爽來酣戰又卓立天骨森開張六翮陷堅陣敗强敵用大黃參連弩飛蝱電影自副飛蝱赤莖白羽以鋼爲首電影青莖赤羽以銅爲首杜詩猛將腰間大羽箭唐書太宗嘗自製長弓大羽箭皆倍常制以旌武功英衛英公徐世勣衛公李靖也

顏闔

顏闔古有道。躬耕自衣食。區區魯小邦。不足隱明德。輅軒來我門。聘幣繼金璧。出門應使者。耕稼不謀國。但疑誤將命。非敢憚行役。使者反錫命。戶庭空履迹。薄俗徇世榮。截趾履之適。所重易所輕。隋珠彈飛翼。伊人畏照影。獨往就陰息。咢俎薦忠賢。誰能死燔炙。念彼藏皮冠。安知獲羌客。

莊子讓王篇魯君聞顔闔得道之人也使人以幣先焉顔闔守陋閭苴布之衣而自飯牛魯君之使者至顔闔自對之使者曰此顔闔之家與顔闔對曰然使者致幣顔闔曰恐聽者謬而遺使者罪不若審之使者還反審之後來求之則不得已達生篇忘足屨之適也讓王篇今且有人於此以隋侯之珠彈千仞之雀世必笑之是何也則以所用者重而所要者輕也漁父篇人有畏影惡迹而去之走者舉足愈數而迹愈多不知處陰以休影處靜以息迹愚亦甚矣左傳臣不見皮冠不敢進也南史明僧紹屢徵不至隱於攝山高帝謂其弟慶符曰卿兄高尚其事亦堯之外臣朕夢想幽人固已勤矣所謂徑路絶風雲通仍賜竹根如意筍籜冠

贈狄崇班季子

狄生臂鷹來見客不會揖踞牀咤得雋借筋數禽入短後掬豹裘猶濺猩血溼指呼索酒嘗快作長鯨吸半酣論刀槊怒髮欲起立北方老猘子狂突尚不縶要須此慓悍氣壓邊烽急夜走追鋒車生斬活離級持歸獻天王封侯穩可拾何爲走獵師日使羣毛泣

南史張克傳字延符少好逸遊父緒嘗告歸至吳始入西郭逢克獵右臂鷹左牽狗遇緒船至便放紲脫韝拜於水次緒曰一身兩役無乃勞乎莊子吾王所見劍士皆蓬頭突鬢垂冠曼胡之纓短後之衣瞋目而語難杜詩笑指銀瓶索酒嘗又飲如長鯨吸百川史記怒髮上衝冠纂文猘屈尾犬也記獻犬則執緤注紲繫也按老猘子謂契丹也古今注追鋒車去巾蓋施通幰遽則乘之晉杜預傳給追鋒車第二駙馬班固賦四夷間奏德廣所極僸佅兜離罔不具集活離疑卽兜離漢書夏侯勝每講授謂諸生曰士病不明經術經術苟明其取青紫如俛拾地芥耳後漢班超傳立功異域以取封侯萬里之外安能久事筆硯間乎班賦風毛雨血灑野蔽天

題盧鴻學士堂圖

唐書盧鴻字顥然范陽人徙洛陽博學善書籒結廬嵩山名所居廬曰寧極開元禮徵不至

昔爲太室花。盧岩在東麓。直上登封壇。一夜繭生足。徑歸不復往。巒壑空在目。安知有千老。舒卷不盈軸。一處一盧生。裘褐蔭喬木。方爲世外人。行止何煩錄。百年入

篋笥犬馬同一束。嗟予縛世累。歸耒有茅屋。江干百畝田。清泉映。修竹。尚欲逃。世名。豈須上。圖軸

一統志嵩山在登封郎中嶽東曰太室西曰少室淮南子楚王欲攻宋墨子聞之自魯而趨楚十日十夜足重繭而不休息杜詩足繭荒山轉愁疾後漢法眞傳友人郭正稱之曰法眞名可得聞身難得而見逃名而名我隨避名而名我追可謂百世之師矣

寄周安孺茶

大哉天宇內。植物知幾族。靈品獨標奇。迥超凡草木。名從姬旦始。漸播桐君錄。賦詠誰最先。厥傳惟杜育。育當作毓唐人未知好。論著始於陸。常李亦清流。當年慕高躅。遂使天下士。嗜此偶於俗。豈但中土珍。兼之異邦鬻。鹿門有佳士。博覽無不矚。邂逅天隨翁。篇章互賡續。開園頤

山下。屏跡松江曲。有興卽揮毫。粲然存簡牘。伊子素寡愛。嗜好本不篤。粤自少年時。低回客京轂。雖非曳裾者。庇蔭或華屋。頗見綺紈中。齒牙厭粱肉。小龍得屢試。糞土視珠玉。團鳳與葵花。碔砆雜魚目。貴人自矜惜。捧玩且緘櫝。未數日注卑。定知雙井辱。於茲自研討。至味識五六。自爾入江湖。尋僧訪幽獨。高人固多暇。探究亦頗熟。聞道早春時。攜籯赴初旭。驚雷未破蕾。采采不盈掬。旋洗玉泉蒸。芳馨豈停宿。須臾布輕縷。火候謹盈縮。不憚頃間勞。經時廢藏蓄。髹筒淨無染。箬籠匀且複。苦畏梅潤侵。暖須人氣燠。有如剛耿性。不受纖芥觸。又若廉

夫心難將微穢濆晴天敞虛府石碾破輕綠永日遇閑
賓乳泉發新馥香濃奪蘭露色嫩欺秋菊閩俗競傳誇
豐腴面如粥自云葉家白頗勝中山醁好是一杯深午
牕春睡足清風擊兩腋去欲凌鴻鵠嗟我樂何深水經
亦屢讀子咤中泠泉次乃康王谷蟆培頃曾嘗瓶罌走
僮僕如今老且懶細事百不欲美惡兩俱忘誰能強追
逐薑鹽拌白土稍稍從吾蜀尚欲外形體安能徇心腹
由來薄滋味日飯止脫粟外慕既已矣胡爲此羈束昨
日散幽步偶上天峰麓山圃正春風蒙茸萬旗簇呼兒
爲佳客採製聊亦復地僻誰我從包藏置廚簏何嘗較

優劣。但喜破睡速。況此夏日長。人間正炎毒。幽人無一事。午飯飽蔬菽。困臥北牕風。風微動牕竹。乳甌十分滿。人世眞局促。意爽飄欲仙。頭輕快如沐。昔人固多癖。我癖良可贖。爲問劉伯倫。胡然枕糟麴。

爾雅檟苦茶郭璞注樹小似梔子冬生今呼早采者爲茶晚取者爲茗爾雅始於周公故曰名從姬旦始晉杜毓荈賦煥如積雪曄若春藪雲溪友議陸羽字鴻漸唐人著茶經三卷造茶具二十四事時鬻茶者以陸羽爲茶神芝芸叟談貞元中常袞爲建州刺史始蒸焙而研之謂之研膏茶中朝故事李德裕有親知授舒州牧李曰到郡日天柱峰茶可惠三四角因話錄李約性嗜茶常曰茶須緩火炙活火煎蓋謂老湯三沸之法非活火不能成也唐書党魯使西番烹茶帳中番使問何爲魯曰滌煩療渴所謂茶也番使曰我亦有之命取出以示曰此壽春者此顧渚者此蘄門者唐書皮日休字襲美襄陽人以詩文著隱鹿門山中自號閒氣布衣與華亭陸龜蒙友善陸號天隨子松陵集有皮日休茶人詩云生於顧渚山老在漫石塢陸龜蒙詩云日共薦皐盧何勞傾斗酒歸田錄茶之品莫貴於龍鳳團凡八餅重一斤慶曆間蔡君謨爲福建運使造小片龍團其品精絕謂之小龍團凡二十餅重一斤其價值金二兩每南郊致齋中書樞密各賜一餅宮人往往鏤

金其上其貴重如此【茶譜】蒙山頂曰上清峯茶最艱得俟雷發聲採之【茶錄】藏茶宜蒻葉而喜過燥故收藏之家以蒻葉封裹入焙中三兩日一次用火常如人體溫溫然以禦濕潤又茶以建寧貢爲上有石乳滴乳龍鳳團等名皆碾末作餅中山酒注見前盧仝茶歌五椀肌骨清六椀通仙靈七椀吃不得也惟覺兩腋習習清風生【中朝故事】李德裕居廟廊日有親知奉使京口李曰還日金山下江中泠水取置一壺來其人忘之舟上石頭城方憶及汲一瓶歸京獻之李飲後大咤曰江南水味有異於頃歲此頗似建業石頭城下水其人謝過不敢隱張又新載陸羽品天下二十水揚子中泠水第七【南康記】谷簾泉在府城西泉水如簾布巖而下者三十餘派陸羽品其味爲天下第一【廬山記】康王谷楚康王照爲秦將王翦所窘匿此【桑喬山疏】云在康王谷中故名谷簾蝦蟆培注見前張又新煎茶記粉槍末旗蘇蘭薪桂【茶譜】蘄州團黃茶有一旗二槍之號言一葉二芽也晉陶潛傳嘗言夏月虛閑高臥北牕之下清風颯至自謂羲皇上人【劉伶酒德頌】奮髯箕踞枕麴藉糟無思無慮其樂陶陶

余自城中還道中雲氣自山中來如羣馬奔突以手掇開籠收其中歸家雲盈籠開而放之作

攓雲篇

物役會有時。星言從高駕。道逢南山雲。欻吸如電過。竟誰使令之。哀哀從空下。龍移相排拶。子達切 鳳舞或頽亞。散爲東郊霧。凍作枯樹稼。或飛入吾車。偪仄入肘胯。摶取置笥中。提攜反茅舍。開緘乃放之。掣去仍變化。雲兮汝歸山。無使達官怕。

詩國風星言夙駕稅于桑田禮記天降時雨山川出雲釋名雲猶云云衆盛意也韓愈雪詩崩騰相排拶龍鳳交橫飛注排拶密拶也後漢書河南張楷字公超能作五里霧時關西人裴優亦能作三里霧謝氏詩源更嬴之妻能作鎖雲囊佩之陟高山有雲處雲氣入其中歸家啟視雲白如綿自囊而出更嬴善射每言能仰射入雲中其妻不信因以一囊繫箭頭令射之及墜驗之果有白雲在內因名箭曰鎖雲故子美詩云翻身向天仰射雲是也詩意大槩本此唐諺語木若稼達官怕韻注木稼一曰木介亦曰樹稼春秋雨木冰即此師古注曰氣著樹木結爲冰也杜詩有逼仄行

游山呈通判承議寫寄參寥師

煌煌世胄餘。夫子非祿祿。由來有詩書。所以能絶俗。得官本河朔。瓜期未易促。扁舟下南來。逸駕追鳴鵠。遇勝即倘佯。風餐兼露宿。嗟予偶傾蓋。一笑外羈束。杖策每過從。相攜訪山谷。東風披鮮雲。繡錯出林麓。松門有時盡。幽景無斷續。崖轉聞鐘聲。林疏見華屋。銜山餘落景。歸迹猶躑躅。誰云鄴下歡。往事不可復。吾曹二三子。取樂亦云足。願公寄新詩。一一能見錄。船頭行北歸。囊槖有美玉。塵埃京洛人。亦與洗心目。

史記平原君傳公等錄錄所謂因人成事者也魏其武安侯傳太后怒曰此時帝在即錄錄與祿祿仝左傳齊侯使連稱管至父戍葵丘瓜時而往曰及瓜而代期戍公問不至家語孔子之剡遭程子於塗傾蓋而語終日甚相親顧謂子路曰取束帛以贈先生文選靈運擬魏太子鄴中詩序云建安末予時在鄴宮朝遊夕讌

究懽愉之極天下良辰美景賞心樂事四者難幷今昆弟友朋二三諸彥共盡之矣

和郭功父韻送芝道人游隱靜

觀音妙智力。應感隨緣度。芝師訪東坡。寧辭萬里步。道義偶相契。十年同去住。行窮半世間。又欲浮盃渡。我願焚囊鉢。不作陳俗具。會取卻歸時。只是而今路。

楞嚴經得大自在力無畏施衆生妙音觀世音梵音海潮音救世悉安寧出世獲常住高僧傳晉杯渡者不知其姓名常乘大杯渡河因名焉許渾送僧詩杯浮野渡魚龍遠錫響空山虎豹驚傳燈錄守淸禪師有僧問如何是和尚家風曰一瓶兼一鉢到處是生涯

次韻魯直戲贈

昨夜試微涼。汗衾初退紅。我願隨秋風。隨身入房櫳。君王不好事。只作好驚鴻。細看卷蓬尾。我家眞栗蓬。

楊妃外傳楊貴妃每夏月常衣輕綃汗出紅膩而多香拭於巾帕其色桃紅洛神賦矯若遊龍翩若驚鴻詩小雅彼君子女卷髮如蠆注蠆螫蟲尾末揵然似髮之曲上者又國風首如飛蓬栗蓬未詳禪宗有栗棘蓬語按之詩意不合宋玉登徒子好色賦其妻蓬頭攣耳齞脣歷齒云云栗蓬疑當作歷蓬

寄傲軒 歸去來辭倚南牕以寄傲

先生英妙年。一掃千兔禿。仕進固有餘。不肎踐場屋。通闤何所傲。傲名非傲俗。定知軒冕中。亨榮不償辱。豈無自安計。得失猶轉轂。先生獨揚揚。憂患莫能瀆。得如虎挾乙。失若龜藏六。茅簷聊寄寓。俛仰亦自足。東坡無邊春。方寸盡藏畜。醉哦傍若無。獨侑一樽醁。牀頭車馬道。殘月挂疎木。朝客紛擾時。先生睡方熟。

選賦綵童山東之英妙杜甫詩詞源倒流三峽水筆陣獨掃千人軍李白詩筆鋒殺盡中山兔酉陽雜俎虎威如乙字長寸許在脇兩旁皮內尾端亦有之佩之臨

官則能威衆雜阿含經有龜被野干所包藏六而不出野干怒而捨去佛告諸比丘當如龜藏六根魔不得便注野干獸名干音犴范石湖詩六用都藏縮似龜

御史臺榆槐竹柏四首

榆

我行汴堤上。厭見榆陰綠。千株不盈畝。斬伐同一束。及居幽囚中。亦復見此木。蠹皮溜秋雨。病葉埋牆曲。誰言霜雪苦。生意殊未足。坐待春風至。飛英覆空屋。

詩國風隰有榆爾雅榆白枌也管子五沃之土其榆條長淮南子八月榆檽令人不飢春秋元命苞三月榆莢落

槐

憶我初來時。草木向衰歇。高槐雖經秋。晚蟬猶抱葉。淹留未云幾。離離見疏莢。棲鴉寒不去。哀叫飢啄雪。破巢帶空枝疎影挂殘月。豈無兩翅羽。伴我此愁絶。

周禮烜氏掌火冬取槐檀之火淮南子槐之生也入季春五日而兔目十日而鼠耳更旬而始規後漢書破巢之下寧有完卵

竹

今日南風來。吹亂庭前竹。低昂中音會。甲刃紛相觸。蕭然風雪意。可折不可辱。風霽竹已回。一作亦猗猗散青玉。故山今何有。秋雨荒籬菊。此君知健否。歸掃南軒綠。一作三徑綠

莊子養生主合於桑林之舞乃中經首之會詩國風綠竹猗猗元稹竹詩一一青琅玕唐人郊居詩門外晚晴秋色老萬條寒玉一溪烟晉書王徽之字子猷嘗暫寄人空宅便命種竹曰何可一日無此君

柏

故園多珍木。翠柏如蒲葦。幽囚無與樂。百日看不已。時

來拾流膠一作肪未忍踐落予。當年誰所種。少長與我齒。仰視蒼蒼幹所閱固多矣。應見李將軍。膽落溫御史。

春秋運斗樞玉衡星精散爲栢李德裕平泉花木記有珠子栢實如珠子生葉又有鴈翅檜葉婆娑如鴈翅也漢書平恩侯許伯入第蓋寬饒仰屋視而歎曰富貴無常忽則易人此如傳舍所閱多矣唐書敬宗初立夏綏節度使李祐進馬百五十匹侍御史溫造彈祐違敕進奉請論如法詔釋之卻其所進祐謂人曰吾夜半入蔡州城取吳元濟未嘗心動今日膽落於溫御史矣桑道茂傳茂居有二柏甚盛茂曰人居木盛則土衰土衰則人病乃以鐵數十斤自埋其下曰後有發者死太和中溫造居之發藏鐵而造死

問淵明

公自注或曰東坡此詩與淵明反此非知言也蓋亦相引以造意言者未始相非也元祐五年十月日

子知神非形。何復異人天。豈惟三才中。所在靡不然。我引而高之。則爲星斗懸。我散而卑之。寧非山與川。三皇雖云沒。至今在我前。八百要有終。彭祖非永年。皇皇謀一醉發此露槿妍有酒不辭醉無酒斯飲泉立善求我譽飢人食饞涎委運憂傷生憂一作運去生亦還縱浪大化中正爲化所纏應盡便須盡寧復事此言

朱亥墓公自注俗謂屠兒墓

昔日朱公子雄豪不可追今來遊故國大塚屈稱兒平日輕公相千金棄若遺梁人不好事名字寄當時魯史盜齊豹求名誰復知愼無怨世俗猶不遭仲尼

史記信陵君傳公子請朱亥朱亥笑曰臣乃市井鼓刀屠者而公子親數存之所以不報謝者以爲小禮無所用今公子有急此乃臣效命之秋也遂與公子俱至晉鄙軍晉鄙合符疑之欲無聽朱亥袖四十斤鐵椎椎殺晉鄙春秋經昭二十年秋盜殺衛侯之兄縶穀梁傳盜賤也其曰兄母兄也目衛侯衛侯累也春秋經昭三十一年冬黑肱以濫來奔左傳賤而書名重地也或求名而不得或欲蓋而名彰是以春秋書齊豹曰盜三叛人名以懲不義

嚴顔碑

先主反劉璋兵意頗不義。孔明古豪傑何乃爲此事劉璋固庸主誰爲死不二。嚴子獨何賢談笑傲碪几國亡君已執嗟子死誰爲。何人刻山石。使我空涕淚吁嗟斷頭將千古爲病悸。

蜀書張飛傳先主入益州還攻劉璋飛與諸葛亮等泝流而上分定郡縣至江州破璋將巴郡太守嚴顔生獲之飛呵顔曰大軍至何以不降顔答曰卿等無狀侵奪我州我州但有斷頭將軍無降將軍也飛怒令左右牽去斫頭顔色不變曰斫頭便斫頭何爲怒也飛壯而釋之引爲賓客漢田延年傳大將軍口誠然實勇士也發大議時震動朝廷光因舉手自撫心曰使我至今病悸師古注悸心動也音揆

峴山 在襄陽府城南

遠客來自南。游塵昏峴首。過關無百步曠蕩吞楚藪登高忽惆悵。千載意有偶。所憂誰復知。嗟我生苦後。團團山上檜。歲歲閱榆柳。大材固已殊。安得同永久。可憐山前客。倏忽星過霤。賢愚未及分。來者當自剖。

晉羊祜傳祜樂山水每風景佳必造峴山嘗慨然歎息顧謂從事鄒湛等曰自有宇宙便有此山由來賢達勝士登此遠望如我與卿者多矣皆湮滅無聞使人悲傷如百歲後有知魂魄猶應登此也湛曰公德冠四海道嗣前哲令聞令望必與此山俱傳至若湛輩乃當如公言耳及祜卒襄陽百姓於峴山祜平生游憩之所建碑立廟歲時饗祭焉望其碑者莫不流涕杜預因名爲墮淚碑

驪山

君門如天深幾重。君王如帝坐法宮。人生難處是安穩何爲來此驪山中。複道凌雲接金闕。樓觀隱煙橫翠空。林深霧暗迷八駿。朝東暮西勞六龍。六龍西幸峨眉棧

悲風便入華淸院。霓裳蕭散羽衣空。麋鹿來游猿鶴怨
我上朝元春半老。滿地落花無人掃。羯鼓樓高挂夕陽
長生殿古生青草。可憐吳楚兩醯雞。築臺未就已堪悲
長楊五柞漢幸免。江都樓成隋自迷。由來留連多喪國
晏安酖毒因奢惑。三風十愆古所戒。不必驪山可亡國。

一統志驪山在臨潼左曰東繡嶺右曰西繡嶺下有溫泉其淸徹底不火而熱初學記閶闔天門也角亦天門也楚辭天之門兮九重晉志心三星天王正位也中星曰明堂天子位爲大辰主天下之賞罰故天子所居曰法宮戰國策蘇秦曰謁者如鬼主人難得見如天帝明皇雜錄天寶六年更溫泉宮曰華淸宮治井爲池環山列宮室李白詩六龍西幸萬人懽峨眉山名在蜀詳見下卷望湖亭詩注杜牧華淸宮詩行雲不下朝元閣一曲淋鈴淚萬行劉禹錫詩開元天子萬事足惟惜當時光景促三鄉驛上望仙山歸作霓裳羽衣曲史記淮南傳伍被曰臣聞子胥諫吳王吳王不用乃曰臣今見麋鹿游姑蘇之臺也今臣亦見宮中生荊棘露沾衣也南京羯鼓錄明皇嘗遇二月初宿雨始晴景色明媚小殿亭內柳杏將吐遣高力士取羯鼓上臨軒縱擊一曲名春光好回顧柳杏皆拆白樂天長恨歌七

月七日長生殿夜半無人私語時吳地記吳王闔閭十一年起臺於姑蘇山因山爲名左傳楚靈王爲章華之臺與伍舉登焉曰臺美矣夫醯雞甕中小蟲見莊子三輔黃圖五柞宮在盩厔漢武帝建有五柞樹可蔭數畝長楊宮在盩厔本舊秦宮漢修飾以備行幸有垂楊以名通鑑隋煬帝游江都浙人項昇進新宮圖營建既成幸之曰使眞仙遊此亦當自迷因名迷樓左傳晏安酖毒不可懷也尚書伊訓惟兹三風十愆卿士有一於身家必喪邦君有一於身國必亡

和子由除日見寄

薄宦驅我西遠別不容惜方愁後會遠未暇憂歲夕强歡雖有酒冷酌不成席秦烹惟羊羹隴饌有熊腊念爲兒童歲屈指已成昔往事今何追忽若箭已釋感時嗟事變所得不償失府卒來驅儺矍鑠驚遠客愁來豈有魔煩汝爲攘磔寒梅與凍杏嫩蕚初似麥攀條爲惆悵玉蘂何時拆不憂春豔晚行見棄夏翣人生行樂耳安

用聲名籍胡爲獨多感不見膏自炙詩來苦相寬子意遠可射依依見其面疑子在咫尺兄今雖小官幸忝佐方伯北池近所鑿中有汧水碧臨池飲美酒尚可消永日但恐詩力弱鬬健未免馘詩成十日到誰謂千里隔一月寄一篇憂愁何足擲

陶詩飢來驅我去淮南子能熊當心有白脂如玉味甚美俗呼熊白國語單襄公曰高位實疾僨厚味實腊毒周禮腊人掌乾肉又脯腊注腊小物全乾者周禮方相氏黃金四目玄衣朱裳執戈揚盾率百隸時難以索室驅疫難通作儺後漢禮儀志季冬先臘一日大儺逐疫選門子弟十歲以上十二歲以下百二十人爲侲子皆赤幘皂衣執大鼗鼓以逐惡鬼於禁中月令季冬之月天子居玄堂右个命有司大難旁磔出土牛以送寒氣又九門磔攘以畢春氣漢楊惲傳人生行樂耳須富貴何時漢兩龔傳龔勝不食死有老父來弔哭甚哀既而曰嗟乎薰以香自燒膏以明自銷龔生竟夭天年非吾徒也遂趨而出莫知其誰詩國風且以喜樂且以永日魯頌在泮獻馘記釋奠於學以訊馘告莊子槁項黃馘一作聝或云截耳從聝獻首從馘謝莊月賦隔千里兮共明月史記屈原憂愁幽思而作離騷

夢雪

殘杯失春溫破被生夜悄開門千山白俯仰同一照雖時出圭角固自絕瑕竅兒童勿驚怪調汝得一笑

送呂行甫司門倅河陽

結交不在久傾蓋如平生識子今幾日送別亦有情子生公相家高義久崢嶸天才既超詣世故亦屢更譬如追風驥豈免羈與纓念我山中人久與麋鹿并誤出挂世網舉動俗所驚歸田雖未果已覺去就輕河陽豈云遠出處恐異程便當從此別有酒無徒傾

觀子玉郎中草聖

柳侯運筆如電閃。子雲寒悴羊欣儉。百斛明珠便可扛。此書非我誰能雙。

韋續書訣墨藪唐太宗論蕭子雲書行行如縈春蚓字字如綰秋蛇故曰寒悴法書苑梁武帝評羊欣書如大家婢爲夫人雖加位遇而舉止羞澀故曰儉也

歌辭

竹枝歌 并序

竹枝歌本楚聲幽怨惻怛若有所深悲者豈亦往者之所見有足怨者歟夫傷二妃而哀屈原思懷王而憐項羽此亦楚人之意相傳而然者且其山川風俗鄙野勤苦之態固已見於前人之作與今子由之詩故特緣楚人疇昔之意爲一篇九章以

蘇詩續補遺卷之上 三一

補其所未道者

蒼梧山高湘水深。中原北望度千岑。帝子南遊飄不返。惟有蒼蒼楓桂林。楓葉蕭蕭桂葉碧。萬里遠來超莫及。乘龍上天去無蹤。草木無情空寄泣。水濱擊鼓何喧闐。相將扣水求屈原。屈原已死今千載。滿船哀唱似當年。海濱長鯨徑千尺。食人爲糧安可入。招君不歸海水深。海魚豈解哀忠直。吁嗟忠直死無人。可惜懷王西入秦。秦關已閉無歸日。章華不復見車輪。君王去時簫鼓咽。父老送君車軸折。千里逃歸迷故鄉。南公哀痛彈長鋏。三戶亡秦信不虛。一朝兵起盡讙呼。當時項羽年最少。

提劍本是耕田夫。橫行天下竟何事。棄馬烏江馬垂涕。項王已死無故人。首入漢庭身委地。富貴榮華豈足多。至今惟有塚嵯峨。故國凄凉人事改。楚鄉千古爲悲歌。

一統志禹貢荊州之域天文牛女分野周爲百粤地秦屬桂林漢曰蒼梧地總百粤山連五嶺柳開記桂林全州分水嶺下卽湘灕二水東自海隅至此分南北而離也北爲湘水南爲灕水竹書舜南巡不返史記舜巡狩崩於蒼梧之野葬於九疑漢郊祀志黃帝采首山銅鑄鼎於荆山下鼎既成有龍垂胡顊下迎黃帝黃帝上騎羣臣後宮從上龍七十餘人龍迺去餘小臣不得上悉持龍顊墮墮黃帝之弓黃帝既上天乃抱其弓與龍顊號博物志舜南巡不返二女追之不及至洞庭之山以淚揮竹竹盡斑妃死爲湘水神故曰湘妃竹續齊諧記五月五日楚人楝葉褁糉投汨羅江祭屈原注見前晉夏統傳領小海之唱謂子胥屈平立吾左右矣崔豹古今注鯨海魚也大者長千里小者數丈一生數萬子異物志鯨鯢長百丈大亦稱之雄曰鯨雌曰鯢史記屈原傳時秦昭王與楚婚欲與懷王會懷王欲行屈平曰秦虎狼之國不可信不如無行懷王稚子子蘭勸王行入武關秦伏兵絶其後因留懷王以求割地懷王怒不聽亡走趙趙不內復之秦竟死於秦而歸葬漢書臨江王傳既上車軸折車廢江陵父老流涕竊言曰吾王不反矣項羽本紀范增說項梁曰齊滅六國楚最無罪自懷王入秦不反楚人憐之至今故楚南

公曰楚雖三戶亡秦必楚也彈鋏用馮驩事已見又羽本紀項籍者字羽初起時年二十四又項王謂烏江亭長曰吾知公長者吾騎此馬五歲所當無敵嘗一日行千里不忍殺之以賜公顧見漢騎司馬呂馬童曰若非吾故人乎吾聞漢購我頭千金邑萬戶吾爲若德乃自刎而死又夜聞四面皆楚歌又項王乃悲歌忼慨

轆轤歌

新繫青絲百尺繩。心在君家轆轤上。我心皎潔君不知。轆轤一轉一惆悵。何處春風吹曉幕。江南綠水通珠閣。美人二八顏如花。泣向花前畏花落。臨春風。聽春鳥。別時多。見時少。愁人一夜不得眠。瑶井玉繩相對曉。

古賦轆轤不絕注環轉也又轒轤井上汲水木一作轆轤魏志京城內有園患無水傳玄先生乃作翻車令童轉之水自復更入其功百倍白居易詩蕭相厥初謁呂平中庭百拜百不應呂平後來謁蕭相故侯一拜一惆悵郭璞井賦爾乃冠玉檻甃鱗錯鼓轆轤彈勁索飛輕帬之繽紛手爭鶩而互搦長纍透蛇以曾縈兮瑶甃龍騰而洒激禮斗威儀玉衡北兩星爲玉繩謝朓詩金波麗鳷鵲玉繩低建章再見梁謝舉凌雲臺詩勢高凌玉井臨迥度金波注玉井星名按此則瑶井玉繩

皆指星言故曰相對曉
公詩精玅典博如此

辨道歌

北方正氣名祛邪。東郊西應歸中華。離南爲室坎爲家
先凝白雪生黃芽。黃河流駕紫河車。水精池産紅蓮花。
赤龍騰霄驚盤蛇。姹女含笑嬰兒呀。十二樓瞰靈泉窪。
華池玉液陰交加。子駞午前無停差。三田聚寳眞生涯。
龜精鳳髓塡谽谺。天地駭有鬼神嗟。一丹休別内外砂。
長修久餌須叔遐。腸中澄結無餘柤。俗骨變換顔如葩。
哀哉世人爭齒牙。指僞爲眞正爲哇。輕肥甘美形驕奢。
譎詭詐妄言矜誇。遊魚在網兔在罝。一氣頓盡猶嘔啞

餘生所託誠棲槎九原枯髀如亂麻胡不割衆如鏌鋣
空與利名交撐拏胡不讓□如文騶可惜貪愛相漫塗
眞心道意非不嘉餐金聞活非虛譁何須橫議相疵瑕
衆口並發鳴羣鴉安知聚散同魚蝦自纏如繭居如蝸
日懷嗔喜甘籠笯其去死地猶獵猳吾恨爾見有所遮
海波或至驚井蛙烏輪卽晩蟾影斜吾時俱覩超雲霞

史記司馬相如傳呼吸沆瀣兮餐朝霞師古注沆瀣北方夜半氣也揚雄曰或玄而萌或黃而芽陰眞君金液丹訣北方正氣爲河車東方甲乙成丹砂兩情合養爲一體朱雀調運生金花眞訣龍從火裏出虎向水中生注龍本坎水而出於火虎本離火而出於水是乃水火之相生也志林人生死自坎離交則生分則死離爲心坎爲腎龍者汞也精也血也出於腎肝藏之坎之物也虎者鉛也氣也力也出於心肺藏之離之物也道書蓬萊修煉法河車是水朱雀是火取水一斗鐺中以火炙之百沸致聖石九兩其中初成姹女次謂之玉液後成紫色謂之河車白色曰白河車青色曰青河車赤色曰赤河車亦名黃芽參同契河上姹女得火則

飛孫思邈詩取金之精合石之液列爲夫婦結爲魂魄一體混沌兩精感激河車覆載鼎候無忒洪爐列火烘燄翕赫姹女氣索嬰兒聲寂紫色內達赤芒外射骨變金植顏駐玉澤黃庭內景經琴心三疊舞胎仙注琴和也疊積也和積三丹田如一則如胎息之仙也太清煉靈丹經丹砂外包八石內含金精晉書許邁字叔遐服氣一氣千餘息仙經道家用金色藥石於鼎以水火煉之成丹爲外丹口吐濁氣曰吐故鼻納清氣曰納新爲內丹莊子天運篇相梨橘柚其味相反而皆可於口又兵莫憯於志鏌鋣爲下眞誥仰咽金漿控景登空左傳予取予求不汝疵瑕也懷沙賦鳳凰在笯兮雞雉翔舞說文豭牡豕也左傳既定爾婁豬盍歸吾艾豭莊子埳井之鼃注見前五經通義月中有兔與蟾何月陰也蟾蜍陽也而與兔並明陰繫於陽也

陳守道

一氣混淪生復生。有形有心卽有情。共見利欲飲食事。
各有爪牙頭角爭。爭時怒發霹靂火。險處直在嵌巖坑。
人僞相加有餘怨。天眞喪盡無純誠。徒自取先用極力。
誰知所得皆空名。少爲處士松柏寒。蓬萊眞人冰玉淸。

山是心兮海爲腹。陽爲神兮陰爲精。渴飲靈泉水。飢食玉樹枝。白虎化坎。青龍離。鎖禁姹女關嬰兒。樓臺十二紅玻璃。木公金母相東西。純鉛眞汞星光輝。烏升兔降無年期。停顔卻老只如此。哀哉世人迷不迷。

越絶書道生氣氣生天地天地生萬物莊子德充符惠子曰人而無情何以謂之人莊子曰道與之貌天與之形惡得不謂之人惠子曰既謂之人惡得無情春秋繁露王者言不從則金不從革而秋多霹靂霹靂金氣也其音商也穀梁傳陰陽相薄感而爲雷激而爲霆廣記木公生於碧海之上以主陽和之炁號東王公又以西華至妙之炁化而生金母西王母傳漢初小兒歌曰著青帬入天門揖金母拜木公

老人行

有一老翁老無齒。處處無人問年紀。白髮如絲向下垂。一雙眸子碧如水。不裹頭。又無履。相識雖多少知己。問翁畢竟何所止。笑言只在紅塵裏秋風獵獵行雲飛。老人此意無人會。目注雲歸心自知。黄口小兒莫相笑。老人舊日曾年少。浪迹常如不繫舟。地角天涯知自跳。亦曾樂。半夜傳籌醉朱閣。美人如花弄絃索。只恨尊前明月落。亦曾憂。羈旅他鄉迫暮秋。故國日邊無信息。斷鴻空逐水長流。或安貧。或安富。或爵通侯封萬戶。一任秋霜換鬢毛。本來面目長如故。水有蘋兮山有芝。人意雖存事已非。有時卻憶經遊處。都似茫茫春夢歸。邇來尤解安貧賤。不爲公卿强陪面。皎如明月在秋潭。動著依前還不見。還不見。可奈何。空使遠人增眷戀。但秪從他隨物轉。青樓黃閣長相見。若相見。莫慇懃。卻是翁家舊主人。

孔子猗蘭操年紀逝邁一身將老國語注十二年歲星一周爲一紀韓詩一奴長鬢不裹頭一婢赤腳老無齒家語所得皆黃口小雀史記是口尚乳臭莊子列禦寇汎若不繫之舟祭十二郎文一在天之涯一在地之角漢紀漢世祖於樓上施青漆謂之青樓杜牧之詩贏得青樓薄倖名此則指娼家青樓也宋志三公黃閤前史無其義禮記士卑與天子同公侯大夫則異鄭玄注士賤與君同不嫌也夫朱門洞開當陽之正色也三公之與天子禮秩相亞故黃其閤以示謙從舊制也

襄陽樂府三篇

野鷹來

水經注沔水南有層臺號曰景升臺蓋荊州牧劉表所築表好鷹嘗登此臺歌野鷹來曲

野鷹來。萬山下。荒山無食鷹苦飢。飛來爲爾繫綵絲。北原有兔老且白。年年養子秋食菽。我欲擊之不可得。年深兔老鷹力弱。野鷹來。城東有臺高崔嵬。臺中公子著皮袖東望萬里心悠哉。鷹何在。嗟爾公子歸無勞。使鷹可呼亦凡曹。天陰月黑狐夜嗥。

禮記立秋之日鷹隼乃擊廣志有雉鷹有兔鷹圖經萬山在襄陽城西相傳鄭交甫所見游女居此山之下瑞應圖王者恩加耆老則白兔見抱朴子兔壽千歲五百歲則色白晉書權翼諫秦王堅曰慕容垂勇畧過人其心豈止作冠軍而已譬如養鷹飢則附人飽則高飛每聞風飈之聲嘗有凌霄之志正宜謹其絛籠

上堵吟 水經注堵陽縣有堵水旁有白馬塞孟達爲新城守登之而歎遂爲上堵吟音韻哀切今水次尚歌之

臺上有客吟秋風。悲聲蕭散飄入宮。臺邊游女來竊聽。欲學聲同意不同。君悲竟何事。千里金城兩稚子。白馬爲塞鳳爲闕。山川無人空且閑。我悲亦何苦。江水冬更深。鯿魚冷難捕。悠悠江上聽歌人。不知我意徒悲辛。

襄陽記鳳林關在峴山衡州金城山記武岡金城山道書第六十八福地石眞人修煉於此題曰仙都白馬關在衡州城東北

襄陽樂南史劉道產爲襄陽太守善於臨職蠻服歸順百姓樂業由此有襄陽樂歌自道產始

使君未來襄陽愁提戈入市裏𧜟裘自從𧜟裘南渡沔襄陽無事多春遊襄陽春遊樂何許峴山之陽漢江浦使君朱旆來翩翩人道使君似羊杜道邊逢人問洛陽中原苦戰春田荒北人聞道襄陽樂目送飛鴻應斷腸漢司馬遷傳𧜟裘之君長咸震怖峴山注見前晉書羊祜字叔子泰山南城人也杜預字元凱京兆杜陵人也顧愷之傳愷之每重嵇康四言詩因爲之圖恒云手揮五絃易目送歸鴻難

仙都山鹿

老泉詩序云至豐都縣將遊仙都觀見知縣李長官云固知君之將至也此山有鹿甚老而猛獸獵

人終莫能害將有客來遊鹿輒夜鳴故常以此候之而未嘗失余聞而異之乃爲作詩東坡同賦 按此序當細書今依原本

日月何促促。塵世苦局束。仙子去無蹤。故山遺白鹿。仙人已去鹿無家。孤棲悵望層城霞。至今聞有遊洞客。夜來江市叫平沙。長松千樹風蕭瑟。仙宮去人無咫尺。夜鳴白鹿安在哉。滿山秋草無行迹。

春秋運斗樞瑤光星散爲鹿 述異記鹿千歲而蒼又五百年而白 虞世南白鹿賦宴嘉賓於雅什寓仙客於宜春 明皇別錄芙蓉園得一白鹿山人王旻曰此漢時鹿也果於角際雪毛中得一銅牌刻曰宜春苑中白鹿上目之曰仙客命園人善畜之 又 玄都觀老鹿將有客來輒夜鳴道士每候之無失 淮南子 掘崑崙墟以下地中有層城九重 孫綽遊天台山賦 仍羽人於丹丘尋不死之福庭苟台嶺之可攀亦何羨於層城 又 赤城霞起而建標

白鶴吟留鍾山覺海

白鶴聲可憐。紅鶴聲可惡。白鶴招不來。紅鶴揮不去。長松受穢死。乃以紅鶴故。北山道人曰美者自美。吾何爲而喜。惡者自惡。吾何爲而怒。去自去耳。吾何駛而追。來自來耳。吾何妨而拒。吾豈厭喧而求靜。吾豈好丹而非素。汝謂松死吾無依焉。吾方捨陰而坐露。

相鶴經鶴者陽鳥也而遊於陰百六十年大毛落茸毛生潔白如雪漢汲黯傳守城深堅招之不來麾之不去莊子山木篇陽子之宋宿於逆旅逆旅人有妾二人其一人美其一人惡惡者貴而美者賤陽子問其故逆旅小子對曰其美者自美吾不知其美也其惡者自惡吾不知其惡也錄異記魏焦先字孝然結草廬於河間號蝸牛廬呻吟其中後埜火燒之乃露袒寢雪中

次韻張甥棠美述志 名宗眞

仲子甘心織屨避萬鍾。淵明不肎折腰爲五斗。十一年鴻鴈識來往。終日沐猴誰去取。知甥詩意慕兩君。讀書要在存心久。平生所談性命奧。長棄不憂金石朽。我今已習鶖子定。猶復晨朝怖頭走。刳心先擬射穀名。不作羊鄒悲峴首。雲梯雨矢集無方。我已中灰同墨守。恐甥自是禹門鱗。未可潛逃入吾藪。琢磨晚覺孟光賢。畏我放言時被肘。甥能鉏我青門瓜。正午時來休老手。

高士傳陳仲子終齊人適楚王欲以爲相妻曰子織屨以爲食恬淡而無爲樂在其中矣乃謝使者晉陶潛傳潛歎曰吾不能爲五斗米折腰拳拳事鄉里小人史記說者曰人言楚人沐猴而冠耳果然項王聞之烹說者心經注舍利子卽舍利弗此云鶖鷺子於小乘十大弟子中智慧第一已得空定楞嚴經佛告富樓那汝豈不聞室羅城中演若達多忽於晨朝以鏡照面愛鏡中頭眉目可見瞋責己頭不見面目以爲魑魅無狀狂走晉羊祜登峴首語鄒湛注見前墨子公輸般爲雲梯之械將攻宋墨子見之乃解帶爲城以堞爲械九設攻城之機墨子九拒之公輸般攻械盡而墨子守有餘辛氏三秦記河津一名龍門大魚集門下數千不得

上上者爲龍不上者魚故云曝顋龍門【晉載記】祖約敗降於石勒勒使讓之曰卿逆極勢窮方來歸命吾朝豈逋逃之藪也【說苑】魏桓子肘韓康子康子履魏桓子躡其踵肘足接於車上而智氏分矣【靑門瓜】用東陵侯名平事巳見【晉載記】石勒與李陽鄰居歲常爭麻池迭相毆擊至是引陽臂笑曰孤往日厭卿老拳卿亦飽孤毒手

補和陶詩二首

和東方有一士

缾居本近危甑墜知不完夢求亡楚弓笑解適越冠忽然返自照識我本來顏歸路在腳底殽潼失重關屢從淵明遊雲山出毫端借君無弦物寓我非指彈豈惟舞獨鶴便可躡飛鸞還將嶺茅瘴一洗月闕寒【公自注】此東方一士正淵明也不知從之游者誰乎若了得此一段我即淵明淵明即我也

和劉柴桑

萬劫互起滅。百年一踟躕。漂流四十年。今乃言卜居。且喜天壤閒。一席亦吾廬。稍理蘭桂叢。盡平狐兎墟。黃櫞出舊枿。紫茗抽新畬。我本蚤衰人。不謂老更劬。邦君助畚鍤。鄰里通有無。竹屋從低深。山牕自明疎。一飽便終日。高眠忘百須。自笑四壁空。無妻老相如。

蘇詩續補遺卷之上 終

蘇詩續補遺卷之下

漫堂先生宋　犖　閱定

樸園先生張榕端

錢塘馮　景　補註

今體詩二百九十三首

過巴東縣不泊聞頗有萊公遺迹

萊公昔未遇。寂寞在巴東。聞道山中樹。猶餘手種松。江山養豪俊。禮數困英雄。執版迎官長。趨塵拜下風。當年誰刺史。應未識三公。

宋史寇凖傳字平仲華州下邽人中第授大理評事知歸州巴東大名府成安縣每期會賦役未嘗輒出符移惟具鄉里姓名揭縣門百姓莫敢後期後爲相封萊

公荊州府志巴東漢巫縣地梁信陵隋巴東有寇萊公祠祠中有二柏乃公作令時手植者民比之甘棠

白帝廟

朔風催入峽。慘慘去何之。共指蒼山路。來朝白帝祠。荒城秋草滿。古樹野藤垂。浩蕩荊江遠。凄涼蜀客悲。遲回問風俗。涕泗閔興衰。故國依然在。遺民豈復知。一方稱警蹕。萬乘擁旌旗。遠略初吞漢。雄心豈在夔。崎嶇來野廟。閔默愧常時。破甑蒸山麥。長歌唱竹枝。荊邯真壯士。吳柱本經師。失計雖無及。圖王固已奇。猶餘帝王號。皎皎在門楣。

寰宇記白帝山在夔州府城東公孫述據蜀殿前井中嘗有白龍出因自稱白帝山亦以名後漢公孫述傳字子陽扶風茂陵人更始之亂述據蜀郡恃其地險衆

附有自立志會有龍出其府殿中夜有光耀述以爲符瑞因刻其掌文曰公孫帝建武元年四月遂自立爲天子號成家色尚白建元龍興平陵人荆邯見東方將平兵且西向說述發國内精兵令田戎據江陵令延岑出漢中定三輔如此海内震搖冀有大利述以問羣臣博士吴柱曰昔武王伐殷先觀兵孟津八百諸侯不期同辭然猶還師以待天命未聞無左右之助而欲出師千里之外以廣封疆者也邯曰今東帝無尺土之柄驅烏合之衆跨馬陷敵所向輒平不亟乘時與之分功而坐談武王之說是效隗囂欲爲西伯也述然邯言而不能用後漢書孟敏貿甑墮地徑去不顧郭林宗見而異之問其意曰甑已破矣視之何益

戎州

亂山圍古郡。市易帶羣蠻。瘦嶺春耕少。孤城夜漏閑。往時邊有警。征馬去無還。自頃方從化。年來亦款關。頗能貪漢布。但未脫金鐶。何足爭强弱。吾民盡玉顔。

敘州府志古僰國漢犍爲郡梁隋曰戎州戰國策由余聞之款關請見漢食貨志大布次布弟布壯布中布差布厚布幼布幺布小布是爲布貨十品鑄作錢布皆用銅殽以連錫文質周郭放漢五銖錢云師古注布亦錢耳謂之布者言其分布流行也郭元振古劍歌瑠琉匣裏吐蓮花錯鏤金環映明月黃庭經卻滅百邪玉

鍊顏

和魯人孔周翰題詩二首 附孔周翰題詩云屈指從來十七年交親零落一潸然嬋娟再見中秋月依舊清輝照客眠

壞壁題詩已五年。故人風物兩依然。定知來歲中秋月。又照先生枕麴眠。劉伶酒德頌枕麴藉糟再見

更邀明月說明年。記取孤吟孟浩然。此去宦遊如傳舍。揀枝驚鵲幾時眠。史記司馬相如傳王吉曰長卿久宦遊不遂而來過我漢蓋寬饒傳此如傳舍所閱多矣詳見上卷孟襄陽集序間遊祕省秋月新霽諸英華賦詩作會浩然句曰微雲淡河漢疎雨滴梧桐舉坐嗟其清絕咸閣筆不復爲繼魏武短歌月明星希烏鵲南飛繞樹三帀無枝可依

獲鬼章二十韻 案先生謝御書詩自注云時熙河新獲鬼章當在元祐之初

青唐有逋寇。白首已窮妖。竊據臨洮郡。潛通講渚橋。廟謀周召虎。邊帥漢班超。堅壘千兵破。連航一炬燒。擒姦從窟穴。奏捷上煙霄。詭異人圖像。驩娛路載謠。干誅非一事。伐叛自先朝。取道經陵寢。前期告廟祧。西來聞幾日。面縛見今朝。二聖臨雲陛。千官溢海潮。載囚車轣轆。失主馬蕭條。橫拜如蹲犬。胡裝尚衣貂。理卿辭具服。譯長舌初調。緩死恩殊厚。求生尾屢搖。慈仁逢太母。寬厚戴唐堯。赤手眞擒虎。和羹未賜梟。槀街虛授首。東市偶全腰。困獸何須殺。遺雛或可招。威聲西振夏。武節北通邈帝道有強弱。天時或長消。羌情防報復。軍勝忌矜驕。慎重關西將。奇功勿再要。

宋史董氈傳王韶既定熙河其首領青宜結鬼章寇河州踏白城帝命邊臣招來之熙寧十年以鬼章及阿里骨皆爲刺史阿里骨傳董氈病革召諸酋領至青唐謂曰吾一子已死惟阿里骨母嘗事我我視之如子今將以種落付之諸酋聽命旣嗣事遣使修貢元祐元年封寧塞郡公二年遂逼鬼章使率衆拒洮州羌結藥密者使所部怯陵來告里骨執怯陵結藥密懼攜妻子南歸鬼章又使其子結呃齪入寇八月鬼章就擒檻送京師尋赦之聽招其子以自贖元祐三年里骨奉表謝罪詔西河無復出兵許貢奉如故鬼章死詔焚付其骨左傳縶子面縛銜璧杜詩偷生惟一老伐叛已三朝又病馬行失主錯莫無晶光又毛暗蕭條連雪霜漢司馬遷傳猛虎在深山百獸震恐及在檻穽之中搖尾而求食東觀故事令郡國送梟五月五日爲梟羹賜百官注以惡鳥故食之欲絕其類也三輔錄長安城中有藁街陳湯斬郅支單于懸頭于此史記鼂錯衣朝衣斬東市檀弓是全要領以從先大夫於九京也左傳困獸猶鬬史記宋義諫項梁曰戰勝而將驕卒惰者敗

光祿菴二首

文章恨不見文園。禮樂方將訪石泉。何事菴中著光祿。

枉教閑處筆如椽。史記司馬相如傳相如拜爲孝文園令唐書田游巖頻召不出高宗幸嵩山親至其門游巖野服出拜帝問先生比佳否對曰臣所謂泉石膏肓煙霞痼疾晉王珣傳孝武時爲僕射夢人以大筆如椽與之既覺語人曰此當有大手筆事俄而帝崩哀冊謚議皆珣所草

城中太守的何人。林下先生非我身。若向卷中覓光祿。雪中履迹鏡中真。通典郡守秦官漢景帝中元二年更名郡守爲太守

過木櫪觀老泉詩序云許旌陽得道之所舟人不以相告既過至武寧縣乃得其事縣人云許旌陽棺槨猶在山上旌陽許遜也嘗爲旌陽縣令

石壁高千尺。微蹤遠欲無。飛簷如劍寺。公自注出劍門東望上寺宇彷彿可見古柏似仙都。許子嘗高遁。行舟悔不迂。斬蛟聞猛烈。提劍

想崎嶇。寂寞棺猶在。脩崇世已愚。隱居人不識。化去俗爭吁。洞府煙霞遠。人間爪髮枯。飄飄乘倒景。誰復顧遺軀。

南昌府志許遜南昌人母夢金鳳銜珠墮掌而生晉初爲旌陽令得異人術周游江湖悉斬蛟蜃除民害精修山中年一百三十六舉家飛昇倒景注見上卷

觀開西湖次吳左丞韻

偉人謀議不求多。事定紛紛自唯阿。盡放龜魚還綠淨。肎容蕭葦障前坡。一朝美事誰能紀。百尺蒼崖尚可磨。天上列星當亦喜。月明時下浴明疑作清波。

左傳後之人求多於女將不女容焉道德經唯之與阿相去幾何漢武故事帝祀甘泉至渭橋有女子浴于渭乳長七尺上怪而問之女曰帝後第七車侍中知我所來時張寛在第七車對曰此星主祭祀者齋戒不嚴則女人星見案天星下浴人但以爲先生偶作驚人語耳不知亦有出處

荊州十首

庚子正月先生與子由侍老泉自荊州游大梁

遊人出三峽。楚地盡平川。北客隨南賈。吳檣間蜀船。江侵平野斷。風捲白沙旋。欲問興亡意。重城自古堅。

古今注城者盛也所以盛受民物也左傳民保于城城保于德博物志禹始作城强者攻弱者守敵者戰唐書大河以北無堅城

南方舊戰國。慘澹意猶存。慷慨因劉表。凄凉爲屈原。廢城猶帶井。古姓聚成村。亦解觀形勝。昇平不敢論。

周易改邑不改井韻注村聚落也

楚地闊無邊。蒼茫萬頃連。耕牛未嘗汗。投種去如捐。農事誰當勸。民愚亦可憐。平生事遊惰。那得怨凶年。

左傳提封萬頃事物紀原後漢末以趙過爲搜粟都尉始教民牛耕三犂共一牛一人將之實勝耒耜之利左傳九扈爲九農正注以九扈爲九農之號各隨其宜

以教民事

朱檻城東角高王此望沙江山非一國烽火畏三巴戰骨渝秋草危樓倚斷霞百年豪傑盡擾擾見魚鰕

五代高從誨嗣爲荆南節度使封渤海王改南平王晉高祖立遣學士陶穀爲生辰國信使從誨宴之望沙樓大陳戰艦語穀曰吳蜀不賓久矣願脩武備習水戰以待師期穀還具道其語晉祖大喜又南漢與閩蜀皆稱帝從誨所向稱臣故公詩有江山非一國語江淹恨賦試望平原蔓草縈骨拱木斂魂

沙頭煙漠漠來往厭喧卑野市分麞鬧官帆過渡遲遊人多問卜傖叟盡攜龜日暮江天靜無人唱楚詞

鮑明遠舞鶴賦去帝鄉之岑寂歸人寰之喧卑史記三王不同龜四夷各異卜然各以決吉凶褚少孫續史南方老人用龜支牀足

大守王夫子山東老俊髦壯年聞猛烈白首見雄豪食鴈君應厭驅車我正勞中書有安石慎勿賦離騷

東漢王符傳皇甫規解官歸安定鄉人有以貨得鴈門太守者亦去職還家書刺謁規規臥不迎既入問卿在郡食鴈美乎晉謝安傳字安石爲尚書僕射領吏部加後將軍及中書令史記屈原傳乃憂愁幽思而作離騷離騷者猶離憂也

殘臘多風雪。荆人重歲時。客心何草草。里巷自嬉嬉。爆竹驚鄰鬼。驅儺逐小兒。故人應念我。相望各天涯。

荆楚歲時記歲暮家家具肴蔌謂之備宿歲之儲至新年棄之街衢以爲去故納新詩驕人好好勞人草草神異經西方深山中有惡鬼名山魈畏爆竹聲人以竹著火中熚烞有聲則驚走驅儺注見前案鬼惡金姑聲閩人謂破竹聲爲金姑聲也

江水深成窟。潛魚大似犀。赤鱗如琥珀。老枕勝玻瓈。上客舉雕俎。佳人摇翠篦。登庖更作器。何以免屠刲。

周頌猗與漆沮潛有多魚郭璞江賦或鹿觡象鼻或虎狀龍顔鱗甲璀錯煥明錦斑

北鴈來南國。依依似旅人。縱横遭折翼。感惻爲沾巾。平

日誰能挹高飛不可馴故人持贈我三嗅若爲珍

韓詩嗷嗷鳴鴈鳴且飛窮秋南去春北歸張衡四愁詩側身北望涕霑巾九域志韓憑妻何氏美宋康王欲之何氏歌曰南山有鳥北山張羅鳥自高飛羅當奈何陶弘景詩不堪持贈君

柳門京國道驅馬及春陽野火燒枯草東風動綠芒北行連許鄧南去極衡湘楚境橫天下懷王信弱王

白居易春草詩野火燒不盡春風吹又生岳陽樓記北通巫峽南極瀟湘懷王入秦不返注見前史記趙王敖自上食禮甚卑高祖箕倨詈貫高趙午乃怒曰吾王孱王也注孱弱也

渝州寄王道祖 祖一作矩

曾聞五月到渝州水泊長亭砌下流唯有夢魂長繚繞共論唐史更綢繆舟經故國歲時改霜落寒江波浪收

歸夢不成冬夜永。厭聞船上報更籌。

重慶府志周巴子國秦置巴郡漢曰江州漢末曰永寧梁曰楚州隋曰渝州白帖十里一長亭五里一短亭

過安樂山聞山上木葉有文如道士篆符云此山乃張道陵所寓二首 第二首一作重過安樂山

天師化去知何在。玉印相傳世共珍。故國子孫今尚死。滿山秋葉豈能神。

張眞人傳名道陵良八世孫隱天目山漢章帝和帝累召不起久之游雲綿洞煉丹青龍白虎旋繞其上丹成餌之于蜀之雲臺峯昇天所遺經訣符章印劍授子孫世守之

化去詳下

眞人已不死。外慕墮空虛。猶餘好名意。滿樹寫天書。

莊子大宗師古之眞人不知說生不知惡死其出不訢其入不距翛然而往翛然而來而已矣史封禪書李少君病死天子以爲化去不死又齊人丁公年九十餘

曰封禪者合不死之名也宋史大中祥符元年春正月乙丑有黃帛曳左承天門南鴟尾上守門卒塗榮告有司以聞上名羣臣迎于朝元殿啟封號稱天書

涪州得山胡 公自注善鳴出黔中案涪州古巴國漢涪陵

終日鎖筠籠。回頭惜翠茸。誰知聲嚾嚾。亦自意重重。夜宿煙生浦。朝鳴日上峰。故巢何足戀。鷹隼豈能容。

釋名籠土器又笭也所以畜鳥左傳狐裘尨茸注亂貌此云翠茸蓋翠羽也禰衡鸚鵡賦閉以雕籠翦其翅羽揚子通諸人之嚾嚾

巫山廟上下數十里有烏鳶無數取食於行舟之上舟人以神之故亦不敢害

羣飛來去噪行人。得食無憂便可馴。江上饑烏無足怪。野鷹何事亦頻頻。

韓文一斥不復羣飛刺天杜詩白鷺羣飛太劇乾西京雜記乾鵲噪而行人至揚子法言頻頻之黨甚於鸒斯亦賊夫糧食而已矣

夷陵縣歐陽永叔至喜堂

夷陵雖小邑。自古控荆吳。形勝今無用。英雄久已無。誰知有文伯。遠謫自王都。人去年年改。堂傾歲歲扶。追思猶咎呂。感歎亦憐朱。〔公自注〕時朱太守爲公築此臺 舊種孤楠老。新霜一橘枯。清篇留峽洞。醉墨寫邦圖。〔公自注〕三游洞有詩夷陵圖後有留題處 故老問行客。長官今白鬚。著書多念慮。許國減歡娛。寄語公知否。還須數倒壺。

〔史記白起傳〕白起攻楚拔鄢鄧五城其明年拔郢燒夷陵遂東至竟陵楚王亡去郢東走徙陳秦以郢爲南郡〔宋歐陽修傳〕入朝爲館閣校勘范仲淹以言事貶在廷多論救司諫高若訥獨以爲當黜修貽書責之謂其不復知人間有羞恥事若訥上其書坐貶夷陵令〔按〕史稱呂夷簡爲相成郭后之釁逐孔道輔范仲淹於外時論以此少之而歐陽之貶由救仲淹故公詩云追思猶咎呂指夷簡也

入峽

自昔懷幽（一作清）賞今茲得縱探長江連楚蜀萬派瀉東南
合水來如電黔波綠似藍餘流細不數遠勢競相參入
峽初無路連山忽似龕縈迂收浩渺蹙縮作淵潭風過
如呼吸雲生似吐含墜崖鳴窣窣垂蔓綠毿毿冷翠多
崖竹孤生有石楠飛泉飄亂雪怪石走驚驂絕澗知深
淺樵童忽兩三人煙偶逢郭沙岸可乘籃野戍荒州縣
邦君古子男放衙鳴晚鼓留客薦霜柑聞道黃精草叢
生綠玉篸盡應充食飲不見有彭聃氣候冬猶煖星河
夜半涵遺民悲昶衍（公自注孟昶從此入覲王衍亦蜀主）舊俗接魚蠶版屋漫

無瓦。嵓居窄似菴。伐薪常冒嶮。得米不盈甔。歎息生何陋。劬勞不自慚。葉舟輕遠泝。大浪固嘗諳。矍鑠空相視。嘔啞莫與談。蠻荒安可駐。幽邃信難妉。獨愛孤棲鶻。高超百尺嵐。橫飛應自得。遠颺似無貪。振翮游霄漢。無心顧雀鶴。塵勞世方病。局東我何堪。盡解林泉好。多爲富貴酣。試看飛鳥樂。高遁此心甘。

漢書趙充國傳注山峭夾水曰峽　寰宇記瞿塘峽在夔州府城東舊名西陵峽兩崖對峙中貫一江灧澦堆當其口乃三峽之門巫峽在巫山縣明月峽在夷陵州懸厓間白石如月黃牛峽在夷陵州西庾仲雍荆州記巴楚有明月峽廣德峽東突峽今謂之巫峽秭歸峽歸鄉峽　輿圖大江在荆州府西北源出蜀之岷山歷荆州夷陵宜都枝江公安石首而東與漢江合荆楚及夔子皆古子男國也　神仙傳鄧伯元王玄甫俱在霍山服青精飰　杜詩豈無青精飰使我顏色好　登眞訣註乾石青精即黃精其法以南燭少汁浸米蒸飰暴乾其色青如鷖黑珠食之延年　李白詩蠶叢及魚鳧開國何茫然　一統志黃帝子曰昌意娶蜀山氏女生高陽乃封其

支庶於蜀歷夏商始稱王首稱蠶叢次曰柏灌次曰魚鳧又蠶叢氏初為蜀侯後稱蜀王教民蠶桑呼青衣帝又成都有昇仙橋相傳魚鳧王與張伯子俱乘虎仙去橋因以名後漢馬援傳矍鑠哉此翁莊子相視而笑莫逆于心風土記鶻鳩一名鶌鳩又名鶻鵃喜朝鳴後漢呂布傳譬如養鷹饑即為用飽則颺去

題贈田辨之琴姬

流水隨絃滑。清風入指寒。坐中有狂客。莫近繡簾彈。

呂氏春秋伯牙善鼓琴鍾子期善聽伯牙方鼓琴志在高山子期曰善哉巍巍乎若泰山俄而志在流水子期曰善哉湯湯乎若江河琴歷琴曲有風入松石上流泉辨音集李龜年在岐王宅聞繡簾內彈琴曰此秦聲良久又曰此楚聲王入問之前彈者隴西沈妍後彈者揚州薛滿也二妓驚服翰林志賀知章請為道士還鄉里詔賜鏡湖剡川一曲自號四明狂客

四十年前元夕與故人從遊得此句 一作上元夜遊絕句

午夜朧朧淡月黃。夢回猶有暗塵香。縱橫滿地霜槐影。寂寞蓮燈半在亡。

唐詩淡月疎星遶建章南部煙花記宮人皆以沉香屑裹履中以薄玉爲底行則香痕印地名曰塵香洞冥記長安巧工丁緩爲常滿燈九龍五鳳雜以芙蕖蓮葉捧承之狀

南康望湖亭 一本云過洞庭

八月渡長湖。蕭條萬象疎。一本云瀟湘景物疎 秋風片帆急。暮靄一作雨一山孤。許國心猶在。康時術一作業已虛。岷峨家萬里。投老得歸無。

成都府志岷山在茂州卽隴山之南首直上六十里可望成都岷江之源出此山經茂威二州至新津界峨眉山記在眉州城南來自岷山連岡叠嶂延袤三百餘里至此突起三峯其二峯對峙宛若峨眉

半山亭

登嶺勢巍巍。蓮峯太華齊。凭欄紅日墜。回首白雲低。松柏月中老猿猴物外嘑禪師吟絕後千古指人迷山海經太華山在華陰郎西岳也石壁直上如削成最著者曰蓮花明星玉女三峯寇準吟華山詩只有天在上更無山與齊舉頭紅日近回首白雲低時準年八歲

宋復古畫瀟湘晚景圖三首

西征憶南國堂上畫瀟湘照眼雲山出浮空野水長舊游心自省信手筆都忘會有衡陽客來看意渺茫寰宇記衡陽縣漢酃縣地臧榮緒晉書潘岳爲長安令作西征賦

落落君懷抱山川自屈蟠經營初有適揮灑不應難江市人家少煙村古木攢知君有幽意細細爲尋看後漢耿弇傳帝謂弇曰將軍前在南陽建此大策常以爲落落難合有志者事竟成也

咫尺殊非少陰晴自不齊徑蟠趨後崦水會赴前溪自

說非人意曾經入馬蹏他年宦遊處應話劍山西

左傳天威不違顏咫尺史記孔子世家有隼集于陳廷而死楛矢貫之石砮矢長尺有咫杜牧之阿房宮賦舞殿冷褏風雨凄凄一日之内一宮之間而氣候不齊

海上道人傳以神守氣訣

但向起時作。還於作處收。蛟龍莫放睡。雷雨直須休。要會無窮火。嘗觀未盡油。夜深人散後。惟有一燈留。

抱朴子胎息者謂以鼻口呼吸如在胞胎中初學行氣常令入多出少莊子列禦寇夫千金之珠必在九重之淵驪龍頷下子能得珠者必遭其睡也楞嚴經阿那律陀常樂睡眠聞如來訶嘅泣自責七日不眠失其雙目易雷雨之動滿盈莊子養生主指窮于薪火傳也不知其盡也維摩經有法門名無盡燈者譬如一燈然百千燈冥者皆明明終不盡

次周燾韻 一作次周燾韻幷敘

周燾遊天竺觀激水作詩云拳石耆婆色兩青竹

龍驅水轉山鳴夜深不見跳珠碎疑是檐間滴雨聲東坡和之

道眼轉丹青常於寂處鳴蛩知雨是水不作兩般聲傅大士金剛頌天眼通非閡肉眼閡非通法眼惟觀俗慧眼眞緣空佛眼如千日照異體還同按此詩宗旨暗用傅頌而以道眼包攝五眼又楞嚴偈云聲無既無滅聲有亦非生生滅二緣離是則常眞實乃此詩常于寂處鳴五字註腳

過海得子由書

經過廢來久有弟忽相求門外三竿日江關一葉秋蕭踈悲白髮漫浪散窮愁世事江聲外吾生幸且休易同聲相應同氣相求劉禹錫竹枝詞日出三竿春霧銷唐元結傳後家瀼濱乃自稱浪士及有官人以爲浪者亦漫爲官乎呼爲漫郎旣客樊上漫遂顯樊莊子養生主吾生也有涯戰國策孟嘗君不悅曰先生且休矣

去歲與子野遊逍遙堂日欲沒因並西山叩羅浮道院至已二鼓矣遂宿于西堂今歲索居儋耳子野復來相見作詩贈之

往歲追歡地。寒牕夢不成。笑談驚半夜。風雨暗長檠。雞唱山椒曉。鐘鳴霜外聲。只今那復見。髣髴似三生。

黄帝内傳王母授帝洞霄盤雲九華燈檠注此燈有檠之始也韓詩長檠八尺空自長柳子厚記步山椒而登焉山海經豐山上有九耳鐘霜降則鳴

元祐五年十二月十二日同景文義伯聖途次元伯固仲巂游七寶寺題竹上

結根豈殊衆。修柯獨出林。孤高不可恃。歲晚霜風侵。

唐王維詩賤日豈殊衆貴來方悟希禮記如松柏之有筠也如竹箭之有心也虛其心實其節貫四時而不改柯易葉則吾以是觀君子之德

泗州過倉中劉景文老兄戲贈一絕

既聚伏波米。還數魏舒籌。應笑蘇夫子。僥倖得湖州。

馬援聚米事詳後漢書注見前晉魏舒傳舒爲鍾毓長史毓每與參佐射舒常爲畫籌而已後遇朋人不足以舒滿數發無不中舉坐愕然毓謝而歎曰吾之不足以盡卿才有如此射矣豈一事哉

戲題巫山縣用杜子美韻

巴俗深留客。吳儂但憶歸。直知難共語。不是故相違。東縣聞銅臭。江陵換裌衣。丁寧巫峽雨。愼莫暗朝暉。

方言吳人自謂曰儂後漢書崔烈入錢五百萬爲司徒其子鈞曰論者嫌其銅臭

答黽以道索書

閱世眞難記。如公自不忘。其於書太簡。正以懶相妨。

陸機歎逝賦川閲水以成川水滔滔而日度世閲人而爲世人冉冉而行莫人何世而弗新世何人之能故魏文帝與朝歌令吳質書足下所治僻左書問致簡益用增勞嵇康與山濤絶交書性復疏嬾筋駑肉緩又縱逸來久情意傲散簡與禮相背嬾與慢相成韓退之詩老嬾無鬭心久不事鉛槧

大老寺竹間閣子

殘花帶葉暗。新筍出林香。但見竹陰綠。不知汧水黄。樹高傾隴鳥。池浚落河魴。栽種良辛苦。孤僧瘦欲尫。

毛詩莫高匪山莫浚匪泉又豈其食魚必河之魴禮記檀弓吾欲暴尫而奚若注瘠病之人也

款塞來享

蠢爾氐羌國。天誅亦久稽。既能知面内。不復議征西。斥堠銷烽火。邊城息鼓鼙。輸忠脩貢職。棄過爲黔黎。雪滿流沙靜。雲沉太白低。巍巍二聖治。盛德古難齊。

詩小雅蠢爾蠻荊大邦爲仇商頌自彼氐羌伊訓天誅造攻自牧宮三國志高堂隆傳使四表同風回首面内德教光熙九服慕義固非俗吏之所能也說文堠封土爲臺以記里也李廣傳然亦遠斥堠漢文帝遺匈奴書朕與單于共棄細過偕之大道一統志太白山在武功山嘗積雪望之皎然軍行不得鳴鼓角鳴則疾風暴雨立至上有洞

道書第十一洞天

觀去聲臺 案佛家止觀經云止能捨樂觀能離苦止如定而后能靜觀則慮而后能得也梵云毘鉢舍那華言觀

三界無所住。一臺聊自寧。塵勞付白骨。寂照起黄庭。殘磬風中嫋。孤燈雪後青。須防童子戲。投瓦犯清冷。

釋典欲界爲一地四禪四空爲八地合爲九地即三界是亦名三有金剛經菩薩於法應無所住行于布施又應無所住而生其心楞嚴經優波尼沙陀觀不淨相生大厭離悟諸色性以從不淨白骨微塵歸于虛空又相待生勞勞久發塵自相渾濁高僧傳智藏宿靈曜寺一心寂照滿室光明人問其故答曰此中奇妙未可得言夫晏寂之門固有妙喜吉祥黄庭外景經上有黄庭下關元注黄庭者脾爲中主橫在太倉上楞嚴文殊偈淨極光通達寂照含虛空卻來觀世間猶如夢中事隋唐嘉話江寧縣寺有晉長明燈歲久火色變青而不熱隋文帝平陳已訝其古至今猶存案孤燈雪後青句青字本此卻以雪後形容不熱使事眞有化工之

巧楞嚴經月光童子修習水觀室中安禪有弟子闚窓觀室唯見清水童稚無知取一瓦礫投于水内激水作聲出定心痛後入定時童子奉教除去瓦礫身質如初莊子舜以天下讓其友北人無擇北人無擇羞見之因自投清泠之淵

吴江岸

曉色兼秋色。蟬聲雜鳥聲。壯懷銷鑠盡。回首尚心驚。

鄒陽獄中上梁王書衆口鑠金積毁銷骨江淹恨賦於是僕本恨人心驚不已

嘲子由

堆几盡埃簡。攻之如蠹蟲。誰知聖人意。不在古書中。

嵇康與山濤書素不便書不喜作書而人間多事堆案盈几不相酬答則犯教傷義韓退之雜詩古史散左右詩書置後前豈殊蠹書蟲生死文字間莊子天道篇桓公讀書于堂上輪扁斲輪于堂下釋椎鑿而上問曰公之所讀爲何言邪公曰聖人之言也曰聖人在乎公曰已死矣曰古之人與其不可傳也死矣然則君之所讀者古人之糟魄已夫案攻專治也如考工記攻木攻金之類

無題

六秩行當啟，區中緣更疏。不貪爲我寶，安步當君車。故國多喬木，先人有弊廬。誓將閑散好，不著一行書。

白樂天詩年開第七秩屈指幾多人 左傳 宋人或得玉獻諸子罕子罕不受曰我以不貪爲寶爾以玉爲寶若以與我皆喪寶也不若人有其寶卒弗受 戰國策 晚食以當肉安步以當車無罪以當貴 檀弓 臣免于罪則有先人之敝廬在君無所辱命

扶風天和寺

遠望若可愛，朱欄碧瓦溝。聊爲一駐足，且慰百回頭。水落見山石，塵高昏市樓。臨風莫長嘯，遺涕浩難收。

聞洮西捷報

漢家將軍一丈佛，詔賜天池八尺龍。露布朝馳玉關塞，捷書夜到甘泉宮。似聞指揮築上郡。已覺談笑無西戎。牧臣不見天顔喜。但驚草木放一作皆春容。

漢武故事昆耶殺休屠王以其衆來降得其金人置之甘泉宮金人皆長丈餘後漢書漢明帝夜夢金人長丈餘身有日光飛空而至以問羣臣傅毅對曰臣聞西域有神其名曰佛其形長丈六尺而黄金色周禮馬八尺以上爲龍文心雕龍檄者皦也宣露於外皦然明白也明白之文或稱露布播諸視聽也又插羽以示迅不可使辭緩露板以宣衆不可使義隱世說桓宣武北征袁虎時從會須露布文喚袁倚馬前令作手不輟筆俄得七紙殊可觀虎袁宏小字也北史後魏每戰克書帛於漆竿上名曰露布傳永傳永字脩期仕魏拜安遠將軍鎮南府長史帝每歎曰上馬能擊賊下馬作露布惟傳修期耳按露布與檄文同體聲罪曰檄告捷曰露布謂露板宣布其功也其用已久惟書帛漆竿當始於北魏後漢班超傳注玉門關屬燉煌郡今沙州也去長安三千六百里關在燉煌縣西北杜子美詩捷書夜報清晝同漢文帝紀三年上幸甘泉師古曰甘泉在雲陽本秦林光宮上郡秦置屬幷州漢武帝紀遣因杅將軍公孫敖築塞外受降城杜詩談笑無河北又天顔有喜近臣知

三萼牡丹

風雨何年别，留眞向此邦。至今遺恨在，巧過不成雙。

己未十月十五日獄中恭聞太皇太后不豫有赦作詩

庭柏陰陰晝掩門，烏知有赦鬧黄昏。漢宫自種三生福，楚客還招九死魂。縱有鋤犂及田畝，已無面目見丘園。只應聖主如堯舜，猶許先生作正言。

漢朱博傳御史府有松柏樹常有烏數千集其府朝去暮來號朝夕烏南史宋元康中從彭城王義康爲豫章臨川王義慶時爲江州相見而笑文帝聞而怪之召還宅義慶大懼妓妾夜聞烏啼聲叩閤云明日有赦後改爲南州因製烏夜啼曲楚辭雖九死其猶未悔宋玉招魂注見前史記項羽本紀縱江東父兄憐而王我我何面目見之職畧宋雍熙四年改補闕爲左右司諫拾遺爲左右正言是時太宗欲令諫官脩職故詔改其官詔曰諫議大夫司諫正言咸預軒陛之列是爲耳目之官

題李景元畫

聞說神仙郭恕先。醉中狂筆勢瀾翻。百年寥落何人在。只有華亭李景元。

宋史郭忠恕傳字恕先河南洛陽人七歲能誦書屬文舉童子及第尤工篆籀縱酒跅弛後坐貶流落不復求仕進或踰月不食盛暑暴露日中體不沾汗窮冬鑿河冰而浴其旁凌澌消釋人皆異之尤善畫得者藏以爲寶太宗聞其名召授國子監主簿益使酒肆言擅鬻官物詔減死決杖流登州已行至齊州臨邑謂部送吏曰我今逝矣因掊地爲穴度可容面俯窺焉而卒稾葬後累月故人將改葬之其體輕若蟬蛻【史記注】掊手杷土也【畫鑑】古人畫諸科各有其人界畫則唐絕無作者歷五代始得郭忠恕一人

謝人惠雲巾方舄二首

燕尾稱呼理未便。剪裁雲葉卻天然。無心只是青山物。覆頂宜歸紫府仙。轉覺周家新樣俗。【公自注】頭巾起後周未容陶令舊名傳鹿門佳士勤相贈黑霧玄霜合比肩公自注皮襲美贈天隨子沙巾詩云掩歛乍疑裁黑霧輕明渾似帶玄霜釋名巾謹也二十成人士冠庶人巾當自謹修四教也傅子漢末王公多委王服以幅巾爲雅素袁紹崔豹之徒雖爲將帥猶著縑巾魏武惜財擬古皮弁裁縑帛以爲帢帢卽帢也未有岐荀文若巾之行觸樹枝成岐因而弗改按成岐蓋若燕尾云晉輿服志司馬彪曰長冠蓋楚制人間或謂之鵲尾冠非也南史齊和帝紀百姓皆著下屋白紗帽而反帬覆頂東昏曰帬應在下今更在上不祥命斷之於是百姓皆反帬向下此服袄也按反帬覆頂今道士巾式故云宜歸紫府仙也北堂書鈔頭巾之製起于後周宋書陶潛好酒郡將候潛逢其酒熟取頭上葛巾漉酒漉畢還復著之

胡鞾短靿格麄疎古雅無如此樣殊妙手不勞盤作鳳公自注晉永嘉中有鳳頭鞋輕身只欲化爲鳧魏風褊儉堪羞葛楚客豪華可笑珠擬學梁家名解脫公自注武帝作解脫履便於禪坐作跏趺

古今注鞾本胡服也趙武靈王常服之其制短靿黃皮閒居之服至馬周改制長靿以殺之加之以氈及條得著入殿省敷奏取便乘騎也雙鳧注見前詩小雅糾糾葛屨可以履霜史記春申君傳其上客皆躡珠履以見趙使趙使大慙楞嚴經有佛化身結跏趺坐

謝宋漢傑惠李承晏墨

老松燒盡結輕花。妙法來從北李家。翠色冷光何所似。牆東鬒髮墮寒鴉。

見聞錄唐李超易水人與子廷珪亡至歙州其地多松因留居以墨名家其堅如玉其紋如犀曹植詩墨出青松煙筆出狡兔翰李賀石硯歌紗帷晝暖墨花春輕漚漂沫松麝薰詩國風鬒髮如雲不屑髢也牆東暗用鄰女窺宋玉事古墨法云色不染手光可射人此云鬒髮寒鴉亦取有仍氏女髮光可鑑意

被命南遷途中寄定武同僚

人事千頭及萬頭。得時何喜失時憂。只知紫綬三公貴。不覺黃粱一夢遊。適見恩綸臨定武。忽遭分職赴英州。

南行若到江干側。休宿潯陽舊酒樓。史記老子曰君子得時則駕不得其時則蓬累而行前漢書太尉金印紫綬後漢輿服志公侯將軍紫綬二采紫白九卿中二千石青綬三采青白紅自青綬以上縌皆長三尺二寸與綬同采而首半之縌者古佩璲也佩綬相迎受故曰縌紫綬以上縌綬之閒得施玉環鐍云唐白居易左遷九江郡司馬送客湓浦口作琵琶行云潯陽江頭夜送客楓葉蘆花秋瑟瑟結用此事

李委吹笛并引

元符五年十二月十九日東坡生日置酒赤壁磯下踞高峯俯鵲巢酒酣笛聲起於江上客有郭石二生頗知音謂坡曰笛聲有新意非俗工也使人問之則進士李委聞坡生日作新曲白鶴南飛以獻呼之使前則青巾紫裘要笛而已既奏新曲又

快作數弄嘹然有穿雲裂石之聲坐客皆引滿醉倒委袖出嘉紙一幅曰吾無求於公得一絕句足矣坡笑而從之

山頭孤鶴向南飛。載我南遊到九嶷。下界何人也吹笛。可憐時復犯龜兹。

風俗通笛漢武帝時丘仲所作也笛滌也所以蕩滌邪穢納之雅正也長尺四寸六孔 元稹連昌宮辭逡巡大遍梁州徹色色龜茲轟緑續 按詞曲之名有破有犯破則唐樂府中入破第一疊入破第二疊之類是也犯則詞譜所載二犯尾犯之類是也詩用犯字本此龜兹蕃部曲名

書黃筌畫翎毛花蝶圖二首

短翎長喙喜喧卑。曳練雙翔亦自奇。賴有黃鸝鬬嬛好。獨依蘚石立多時。

畫鑑五代時黃筌與子居寀並善花卉謂之寫生妙在傅色不用墨筆但以輕色染成謂之沒骨圖郭若虛云諺稱黃筌富貴徐熙野逸蓋筌居待詔所寫皆禁籞珍禽瑞鳥奇花怪石又翎毛骨氣尚豐徐熙江南處士志節高邁多狀汀花野竹小鳥淵魚二者皆春蘭秋菊各擅重名

綠陰青子已愁人。忍見中庭燕麥新。怊悵劉郎今白首，時來看卷覓餘春。

杜牧之詩桃花落盡深紅色綠葉成陰子滿枝

次韻王定國得晉卿酒相留夜飲

短衫壓手氣橫秋，更著仙人紫綺裘。使我有名全是酒，從他作病且忘憂。詩無定律君應將。醉有眞鄉我可侯。且倒餘樽盡今夕，睡蛇已死不須鉤。

釋名衫芟也衣無袖端也古今注秦始皇以布開袴名曰衫廬陵記成芳隱麥林山剝苧皮爲短襴寬袖之衣著以酤酒自稱隱士衫李太白詩解我紫綺裘且換

金陵酒【晉張翰傳】字季鷹吳郡人常曰使我有身後名不如即時一杯酒時人貴其曠達【晉顧榮傳】恒縱酒酣暢謂友人張翰曰惟酒可以忘憂但無如作病何耳杜詩【詩律羣公問【杜牧詩】今代風騷將誰登李杜壇【唐王績有醉鄉記注見前【宋种放傳】字明逸隱終南山自號雲溪醉侯【佛遺教經】譬如黑蚖在汝室睡當以自持戒之鉤蚤併除之睡蛇既出乃可安眠

偶於龍井辨才處得歙硯奇作小詩

羅細無文角浪平。半丸犀璧浦雲泓。午牕睡起人初靜。時聽西風拉瑟聲。

【硯譜】玉兔朝元硯此爲細羅紋刷絲歙石圓徑六寸高寸五分面有蔥色兔月二像巧若畫成更無凹凸眞五代前物也旁刻建中靖國元年改製下刻篆書一拳石兮呈祥俾翰墨兮增光出煨燼兮不敗伊蘇氏兮其昌張九成識又二行子子孫孫永古用之【按】蘇氏其昌句豈即先生辨才處所得歙硯與又先生倣毛穎戲作萬石君傳云羅文歙人也其上世嘗隱龍尾山云云【見聞錄】蜀人景煥嘗得墨材甚精止造五十團曰以此終身墨印文曰香璧【後山談叢】秦少游有李廷珪墨半丸不爲文理質如金石潘谷見之而拜曰眞李氏故物也我生再見矣

秋晚客興

草滿池塘霜送梅。疏林野色近樓臺。天圍故越侵雲盡
潮上孤城帶月迴。客夢冷隨楓葉斷。愁心低逐鴈聲來。
流年又喜經重九。可意黃花是處開。

唐詩山圍故國周遭在潮打空城寂寞回又楓落吳江冷

陳伯比和回字復次韻

百里馮生寧屑去。湖海陳侯猶肎來。詩書好在家四壁。
蒲柳蓊然城一隈。騎上下山亦疏矣。儵從容出何爲哉。
市橋十步即塵土。晚雨瀟瀟殊未回。

三國志陳登字元龍許汜嘗曰元龍湖海之士豪氣未除漢司馬相如傳家徒四壁立莊子秋水儵魚出游從容是魚樂也

廣陵後園題申公章子厚扇子

露葉風枝曉自勻。綠陰青子淨無塵。閑吟遶屋扶疏句。須信淵明是可人。

謝惠連詩團團滿葉露析析振條風陶淵明讀山海經詩孟夏草木長繞屋樹扶疏衆鳥欣有託吾亦愛吾廬世說桓溫行經王敦墓望之曰可兒可兒孫綽與庾亮牋云王敦可人之目數十年間也

山光寺回次芝上人韻

鬧裏淸遊借隙光。醉時眞境發天藏。夢回拾得吹來句。十里南風草木香。

與道源遊西莊遇齊道人同往草堂爲齊書此

桑麻已零落。藻荇復銷沈。園宅在人境。歲時傷我心。強

穿南埭路遥望北山岑欲與道人語跨鞍聊一尋

江淹恨賦亦復含酸茹歎銷落湮沈廣雅銷散也湮沒也陶詩結廬在人境而無車馬喧

寒食夜

漏聲透入碧牕紗人靜鞦韆影半斜沈麝不燒金鴨冷淡雲籠月照梨花

藝術圖北方爲鞦韆戲以習輕趫漢武後庭之戲爲千秋誤作秋千唐本草麝香生中臺川谷及雍州益州皆有之陶隱居曰形似麞嘗食柏葉及噉蛇或于五月得者往往有蛇皮骨主辟邪殺鬼精記事珠金猊寶鴨皆焚香器詩餘金鴨晚香寒

答子勉三首

君不登郎省還應上諫坡才高殊未識歲晚幸無他櫪馬羸難出鄰雞凍不歌寒爐餘幾火灰裏撥陰何

漢書馮唐傳文帝輦過問唐曰父老何自爲郎通典中書之官舊矣謂之中書省自魏晉始焉省有中書舍人五人領主書十人分掌二十一局事總國内機要尚書唯聽受而已李氏談錄先公嘗言故左省雀坡頌于宗諤因問坡義答曰唐諫議大夫雖在給舍之上待諫議歲滿方遷給事自給事遷舍人時有自郎署拜諫議者驟立在給事上朝中謂曰饒君斗上坡去亦須斗下坡來蓋言其卻爲給舍序班在下也後遂爲故事按諫坡二字得此方明陰何謂陰鏗何遜也

驚人得佳句或以傲王公處士還清節滑稽安足雄深

沉似康樂簡遠到安豐一點無俗氣相期林下風

皇甫湜顧况集序逸歌長句駿發踔厲往往多意外驚人語杜子美詩平生性僻耽佳句語不驚人死不休華山記李白登華山落鴈峯曰此山最高呼吸可通帝座恨不攜謝朓驚人句來搔首問青天耳屈原卜居將突梯滑稽如脂如韋以絜楹乎漢書傳注師古曰滑稽圜轉縱捨無窮之狀滑音骨稽音雞世說裴楷清通王戎簡要又王公熟視謝尚謂客曰使人思安豐又濟尼曰王夫人神情散朗故有林下風氣

欲舞腰身柳一窠小梅摧拍大梅歌舞餘片片梨花落

爭奈當塗風物何

白樂天詩楊柳小蠻腰西京雜記高帝戚夫人善爲翹袖折腰之舞詩餘六么催拍盞頻傳洞冥記武帝宮人麗娟善歌體弱不勝衣常唱迴風曲庭葉翻落如秋帝嘗以衣帶繫其袂恐其隨風而去也

送楊奉禮

譜牒推關右風流出靖恭時情任險陂家法故雍容南去河千頃大水中相別餘惟酒一鍾更誰哀老子令得放疎慵

後漢楊震傳字伯起弘農華陰人也少好學受歐陽尚書于太常桓郁明經博覽無不窮究諸儒爲之語曰關西孔子楊伯起又曹操收楊彪下獄將作大匠孔融聞之不及朝服往見操曰楊公四世清德海内所瞻劉攽曰按楊氏有兩族赤泉氏從木子雲自叙其受氏從才而楊修書稱曰僕家子雲是震族亦是楊氏不知文士聊如此云其亦實然耶今書中華陰之族從木從才相半未知所從學者辨之唐書柳沖著姓系錄柳芳論之略曰魏氏立九品置中正晉宋因之始尚姓已于時有司選舉必稽譜籍而考其眞僞故官有世胄譜有世官過江則爲僑姓王謝袁蕭爲大東南則爲吳姓朱張顧陸爲大山東則爲郡姓王崔盧李鄭爲大關中亦號郡姓韋裴柳薛楊杜首之又唐輿言譜者以路敬淳爲宗柳沖韋述次之李守素亦明姓氏時謂肉譜者後有李公淹蕭穎士殷寅孔至爲世所稱初漢有

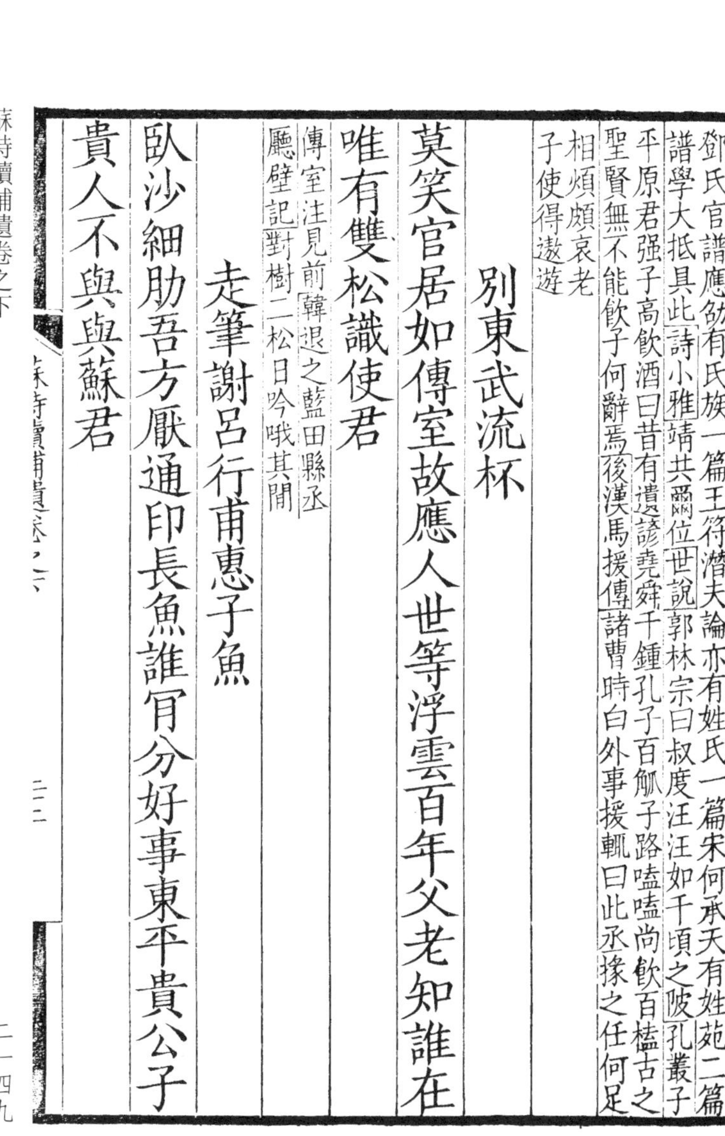

鄧氏官譜應劭有氏族一篇王符潛夫論亦有姓氏一篇宋何承天有姓苑二篇譜學大抵具此【詩小雅】靖共爾位【世說】郭林宗曰叔度汪汪如千頃之陂【孔叢子】平原君强子高飲酒曰昔有遺諺堯舜千鍾孔子百觚子路嗑嗑尚飲百榼古之聖賢無不能飲子何辭焉【後漢馬援傳】諸曹時白外事援輒曰此丞掾之任何足相煩頗哀老子使得遨遊

別東武流杯

莫笑官居如傳舍故應人世等浮雲百年父老知誰在唯有雙松識使君

傳舍注見前【韓退之藍田縣丞廳壁記】對樹二松日吟哦其間

走筆謝呂行甫惠子魚

臥沙細肋吾方厭通印長魚誰肎分好事東平貴公子貴人不與與蘇君

埤雅肋魚似鰣魚而小身薄骨細詩義疏鯊魚吹沙也似鯽魚而小常張口吹沙背上有刺螫人王得臣麈史閩中鮮食最珍子魚莆田迎仙鎮乃其出處予按部過之驛左有一祠謂之通應廟下有水曰通應谿日受潮汐訪諸土人爲鹹淡水不相入處此魚最良故謂之通應子魚比見士大夫賦詩多曰通印以目其魚之大小如王荆公送元厚之詩云長魚俎上通三印荆公博學多聞豈自有所稽耶按公正集有送牛尾貍詩云通印子魚猶帶骨此云通印長魚誰肎分解與荆公同類說宋顯仁后謂秦檜妻曰子魚大者絕少對曰妾家有之檜咎其失言乃以青魚百尾進太后笑曰我道這婆子村可見子魚大者非權貴不多得也

贈虔州慈雲寺鑒老

居士無塵堪洗沐道人有句借宣揚牕閒但見蠅鑽紙門外惟聞佛放光徧界難藏眞薄相。一絲不挂且逢場卻須重說圓通偈千眼薰籠是法王

楞嚴經跋陀婆羅于浴僧時隨例入室忽悟水因既不洗塵亦不洗體中閒安然得無所有又若諸衆生愛談名言清淨自居我于彼前現居士身而爲說法令其成就傳燈錄神贊禪師見蜂子投牕紙求出師曰世界如許廣闊不肎出鑽他故紙楞嚴經爾時世尊從肉髻中涌百寶光光中涌出千葉寶蓮有化如來坐寶華

中頂放十道百寶光明又一絲不挂竿木隨身逢場作戲皆宗門語楞嚴偈根選擇圓通入流成正覺法華經法王無上尊

留別登州舉人

身世相忘久自知此行閒看古黃腄自非北海孔文舉誰識東萊太史慈落筆已吞雲夢客抱寒欲訪水仙師莫嫌五日怱怱守歸去先傳樂職詩

莊子魚相忘于江湖人相忘于道術漢地理志東萊郡有腄縣黃縣師古注腄音直瑞反登州府志黃縣古萊子國後漢書孔融字文舉魯國人孔子二十世孫爲北海相吳志太史慈字子義東萊人也避事之遼東北海相孔融聞而奇之數遣人訊問其母幷致餉遺史記司馬相如傳吞若雲夢者八九其于胷中曾不蔕芥樂府解題伯牙學琴于成連三年不成成連曰吾師方子春今在東海中能移人情乃與伯牙俱往至蓬萊山謂伯牙曰子居習之吾將迎師刺船而去旬日不返伯牙延望無人但聞海水澒洞崩坼之聲山林窅寞羣鳥悲號愴然歎曰先生將移我情矣乃援琴而歌水仙之操曲終成連回刺船迎之而還伯牙遂爲天下妙矣漢張敞傳絮舜曰今五日京兆耳安能復案事按公紀年以元豐乙丑十月十五日抵登州二十日內名去故有五日怱怱之句漢王褒傳益州刺史王襄欲宣

風化于衆庶聞褒有俊材使作中和樂職宣布詩選好事者令依鹿鳴之聲習而歌之

過嶺寄子由二首 按過嶺詩有三首其一已見前

投章獻策謾多談能雪寃忠死亦甘一片丹心天日下數行清淚嶺雲南光榮歸佩呈佳瑞瘴癘幽居弄曉嵐從此西風庾梅謝卻迎誰與馬毿毿

漢楊惲傳方當盛漢之隆願勉旃無多談韓退之賦覩二鳥之光榮思一飽之無時

山林瘴霧老難堪歸去中原茶亦甘有命誰憐終反北無心卻笑亦巢南蠻音慣習疑傖語脾病縈纏帶嶺嵐賴有祖師清淨水塵埃一洗落毿毿

詩國風誰謂荼苦其甘如薺世說王仲祖聞蠻語不解茫然曰若使介葛盧來朝故當不昧此語又郝隆爲桓公南蠻參軍三月三日會作詩隆攬筆曰娵隅躍清

池桓問娵隅是何物答曰蠻名魚爲娵隅桓公曰作詩何以作蠻語隆曰千里投公始得蠻府參軍那得不作蠻語也晉書陸機曰此有傖父欲賦三都

歇白塔鋪

甘山廬阜鬱長望林隙依稀（一作熹微）漏日光吴國晚蠶初斷葉占城蚤稻欲移秧迢迢澗水隨人急冉冉巖花撲馬香望眼儘從（一作窮）飛鳥遠白雲深處是吾鄉

杜詩雨裛紅蕖冉冉香陶弘景詩山中何所有嶺上多白雲莊子乘彼白雲至于帝鄉一統志占城古越裳界秦爲象郡林邑漢屬日南郡唐曰占城其俗粒食稻米

西蜀楊耆二十年前見之甚貧今見之亦貧所異於昔者蒼顏華髮耳女無美惡富者妍士無賢不肖貧者鄙使其逢時遇合豈減當世之士哉頃宿長安驛舍聞泣者甚怨問之乃昔富而

今貧者乃作一詩今以贈楊君

孤村漸（一作微）雨逐秋涼，逆旅愁人怨夜長。不寐相看唯櫪馬。愁吟（一作悲歌）互答有寒螿。天寒滯穗猶横畝，歲晚空機尚倚牆。勸爾一杯聊復睡，人間貧富海茫茫。

杜子美守歲詩：盍簪喧櫪馬。詩小雅：彼有遺秉，此有滯穗。孫皓爾汝歌：昔與汝爲鄰，今與汝爲臣。上汝一杯酒，令汝壽萬春。晉孝武帝紀：末年長星見，帝心甚惡之，於華林園舉酒祝之曰：長星勸汝一杯酒，自古何有萬歲天子耶。

贈人

別後休論信息疎，仙凡自古亦殊途。蓬山路遠人難到，霜柏威高道轉孤。舊賞未應亡楚國，新詩聞已滿皇都。誰憐澤畔行吟者，目斷長安貌欲枯。

李陵答蘇武書與子別後益復無聊易殊塗而同歸李義山詩劉郎已恨蓬山遠又隔蓬山一萬重史記屈原至于江濱被髮行吟澤畔顏色憔悴形容枯槁

觀湖二首 題疑作觀海

乘槎遠引神仙客萬里清風上海濤回首不知沙界小飄衣猶覺色塵高須彌有頂低垂日兜率無根下戴鼇釋梵茫然齊劫火飛雲不覺醉陶陶

張華博物志近世有人居海上每年八月見乘槎來不違時賫一年糧乘之到天河見婦人織丈夫飲牛遣問嚴君平曰某年月日客星犯牛斗即此人也金剛經以七寶滿爾所恒河沙數三千大千世界以用布施楞嚴經阿難如汝一人微動服衣有微風出又麄爲大地細爲微塵又若此鄰虛析成虛空當知虛空出生色相因本經須彌山半高四萬二千由旬乃四天王所居宮殿須彌山頂而分四方每方有八所中間一所乃帝釋宮殿梵語謂兜率天也列子渤海之東有壑焉其中有山無所連著常隨波上下往還不得暫峙焉帝恐流于西極失羣聖之居使巨鼇十五舉首而戴之五山始峙而不動吳都賦巨鼇贔屓首冠靈山劫火注見前

朝陽照水紅光開玉濤銀浪相徘徊山分宿霧儘寬遠

雲駕高風馳送來昇霞影色歛殘火及物氣餤明纖埃可憐極大不知已浮生野馬悠悠哉

莊子逍遥遊野馬也塵埃也生物之以息相吹也

寄高令

滿地春風掃落花幾番曾醉長官衙詩成錦繡開胸臆論極冰霜繞齒牙别後與誰同把酒客中無日不思家田園知有兒孫委蚕晚扁舟到海涯

歸去來辭田園將蕪胡不歸莊子知北遊孫子非汝有是天地之委蛻也

寄子由

厭暑多應一向慵銀鈎秀句益踈通也知堆案文書滿

未暇開軒硯墨中湖面新荷空照水城頭高柳謾搖風吏曹不是尊賢事誰把前言語化工

堆按用嵇康絶交書已見隋書楊素戲柳調曰柳條通體弱獨搖不禁風蜀志杜瓊謂譙周曰古者名官職不言曹始自漢已來名官盡言曹吏言屬曹卒言侍曹此殆亦意也

詩送交代仲達少卿

此身無用且東來賴有江山慰不才舊尹未嫌衰廢久清尊猶許再三開滿城遺愛知誰繼極目扁舟挽不回歸去青雲還記否交遊勝絶古城隈

詩豳風我來自東零雨其濛唐書張說謫岳州詩益悽惋人謂得江山之助莊子人間世是不材之木也無所可用左傳子產卒仲尼聞之出涕曰古之遺愛也又子產而死誰其嗣之晉鄧攸傳攸爲吳郡刑政清明去郡不受一錢百姓數千人留牽攸船不得進攸乃小停夜中發去吳人歌之曰紞如打五更雞鳴天欲曙鄧

侯挽不留謝令推不去史記非附青雲之士惡能施於後世哉爾雅厓內爲隩厓外爲隈

次韻馬元賓

流落江湖萬里歸相逢自慰已差池初聞好句驚人倒
悔過東庭識面遲握手寧知無賀監結交誰復許袁絲
塞鴻正欲摩天去垂老追攀豈可期

史記衛將軍驃騎列傳諸宿將常坐流落不遇又袁盎傳字絲絳侯得釋盎頗有力絳侯乃大與盎結交韓文握手出肺肝相視唐李白傳白至長安往見賀知章知章見其文歎曰子謫僊人也言于玄宗召見金鑾殿杜詩有垂老別

第五橋

白露淒風洗瘴煙夢回相對兩淒然雀羅廷尉非當日
鳩杖先生愈少年世事飽諳思縮手主恩未報恥歸田

誰憐第五橋東水，獨照台州老鄭虔。詩國風：白露爲霜。又：淒其以風。史記汲鄭傳：翟公爲廷尉，賓客闐門，及廢，門外可設雀羅。漢禮儀志：杖端刻鳩形，鳩者，不噎之鳥，欲老人不噎。周禮羅氏捕鳩養老。按漢無羅氏，故作鳩杖以扶老。而風俗通乃謂漢高京索之敗，遁叢薄中，有鳩鳴其上，追者不疑，遂得脫，後即位，異此鳥，故作鳩杖以賜老人。恐未可據。漢張衡有歸田賦。唐鄭虔傳：安祿山反，授虔僞職，因稱風緩，賊平，貶台州司户參軍。杜陪鄭廣文游何將軍山林詩：不識南塘路，今知第五橋。又懷台州鄭十八司户詩：天台隔三江，風浪無晨暮。鄭公縱得歸，老病不識路。

次韻完夫再贈之什，某已卜居毗陵，與完夫有廬里之約云完夫姓胡，名宗愈，晉陵人。二十四卷有次韻胡完夫及再次韻答完夫穆父詩

柳絮飛時筍籜班，風流二老對開關。雪芽爲我求陽羨，乳水君應餉惠山。竹簟水風眠晝永，玉堂制草落人間。應容緩急煩閭里，桑柘聊同十畝閑。

一統志宜興銅棺山卽古陽羨其地產茶茶譜有唐茶品以陽羨爲上建溪北苑未著也茶賦雲垂綠腳香浮碧乳挹此霜華卻茲煩暑茶經山水上江水中井水下其山水乳泉漫流者上圖經慧山泉在常州府無錫縣唐陸羽品泉以此居第二史記袁盎傳盎病免居家與閭里浮沉又緩急人所有云云注詳見前詩國風十畝之間兮桑者閑閑兮

和林子中待制 林希字子中福州人舉進士紹聖初典詞命醜詆正人詳見施注二十九卷次韻蒜山亭詩

兩翁畱滯各皤然人笑迂疏老更堅共把鵝兒一作鵝黃一樽酒相逢柳色五湖天江邊遺愛虒斑白海上先聲入管絃蚤晚淵明賦歸去浩歌長笑老斜川

漢書司馬遷傳是歲天子始建漢家之封而太史公畱滯周南尚書黃髮番番與皤仝班固詩皤皤國老後漢馬援傳嘗謂人曰丈夫爲志窮當益堅老當益壯杜詩鵝兒黃似酒對酒愛新鵝陶淵明有遊斜川詩

九日袁公濟有詩次其韻

古來靜治得清閑我愧眞常也一班舉酒東榮挹江海回樽落日勸湖山平生傾蓋悲歡裏蚤晚抽身簿領間笑指西南是歸路倦飛弱羽久知還

史記曹相國世家蓋公爲言治道貴清淨而民自定又百姓歌之曰載其清淨民以寧一傾蓋注見前歸去來辭鳥倦飛而知還

和吴安持使者迎駕

小雪疎煙雜瑞光清波寒引御溝長曈曈日色籠丹禁杳杳鞭聲出建章鵷鷺偶叨陪下列天閽聊敢望中央歸來喜氣傾新句滿座疑聞錦繡香

唐浩虛舟日五色賦破題云麗日焜煌中含瑞光漢百官志注天子凡塗飾以丹丞相以黃禮天子赤墀張衡西京賦青瑣丹墀注天子庭以丹朱塗地故曰丹墀又名丹陛又名彤庭漢宮闕疏天子所居曰禁中凡人不得出入史記封禪書作建章宮度爲千門萬户一統志建章宮在西安府城西北漢司馬遷傳鵷者僕亦

嘗厠下大夫之列詩語謝廷誥以詞賦著名號錦繡堆

鹿鳴宴

連騎匆匆畫鼓喧喜君新奪錦標還金罍浮菊催開宴
紅蘂將春待入關他日曾陪探禹穴白頭重見賦南山
何時共樂昇平事風月笙簫坐夜闌

戰國策結駟連騎輝煌於道南部新書唐盧肇黃頗皆宜春人同舉郡守獨餞頗明年肇狀元及第歸郡守接甚厚肇作詩曰向道是龍剛不信果然奪得錦標歸守大慙詩周南我姑酌彼金罍詩小雅南山有臺

次韻張甥棠美晝眠

炎歊五月北牕涼更覺甘如飲稻粱宰我糞牆譏敢避
孝先經笥謔兼忘憂虞心謝仰時鴈安穩身同挂角羊

要識熙熙不爭競華胥別是一仙鄉

說文歊炎氣班賦吐金景歊浮雲北魏注已見韓詩倒身甘寢百疾愈後漢文苑傳邊韶字孝先以文學知名曾晝日假臥弟子私謝之曰邊孝先腹便便懶讀書但欲眠韶潛聞之應時對曰邊爲姓孝先字腹便便五經笥但欲眠思經事寐與周公通夢靜與孔子同意師而可謝出何典記謝者大慙傳燈錄雪峰云我若東道西道汝則尋言逐句我若羚羊挂角汝向什麽處捫摸老子衆人熙熙如登春臺列子黃帝晝寢夢遊華胥再見

眞興寺閣禱雨

大守親從千騎禱神翁遠借一杯清雲陰黯黯將噓遍雨意昏昏欲醞成已覺微風吹袂冷不堪殘日傍山明今年秋熟君知否應向江南飽食粳

隋考秋分以後不雩但禱而已搜神記諒輔以五官掾出禱山川曰太守内省責已自曝中庭使輔謝罪爲民祈福若無效請以身塞無狀乃積薪柴自環將自焚火而雷雨大作一郡霑潤釋名秔粳米也稻不黏者

惠州近城數小山類蜀道春與進士許毅野步會意處飲之且醉作詩以記適參寥專使欲歸使持此以示西湖之上諸友庶使知余未嘗一日忘湖山也

夕陽飛絮亂平蕪。萬里春前一酒壺。鐵化雙魚沉遠素。劍分二嶺隔中區。花曾識面香仍好。鳥不知名聲自呼。夢想平生消未盡。滿林煙月到西湖。

吳志鄭泉嗜酒嘗語人曰我死必葬我陶家之側庶百歲後化而成土幸見取爲酒壺實獲我心矣鐵化魚未詳劍分二嶺注見前世說衛玠總角時問樂廣夢樂云是想衛曰形神所不接豈是想耶樂云因也

送蜀僧去塵

十年讀易費膏火，盡日吟詩愁肺肝。不解丹青追世好，欲將芹芷薦君盤。誰爲善相寧嫌瘦，復有知音可廢彈。拄杖挂經須倍道，故鄉春蔽已闌干。

沈攸之曰：蚤知窮達有命，恨不十年讀書。論語讖：孔子晚喜易，讀之韋編三絶。進學解：焚膏油以繼晷，恒矻矻以窮年。

曾元恕遊龍山呂穆仲不至

青春不覺老朱顏，强半銷磨簿領閒。愁客倦吟花似（字疑訛）酒（醉），佳人休唱日銜山。共知寒食明朝過，且赴僧窗半日閑。命駕呂安邀不至，浴沂曾點暮方還。

梁元帝纂要：春曰芳春、青春、陽春。荆楚歲時記：去冬至一百五日，即有疾風甚雨，謂之寒食。晉書：呂安與嵇康友善，每一相思，輒千里命駕。

黃河　輿地志：其水從地湧出百餘泓，方七八十里，東北滙爲大澤，又東流爲赤賓河，合忽蘭諸河，始名黃河，又東北至蘭州入中國。

活活何人見混茫崑崙氣脈本來黃濁流若解污清濟驚浪應須動太行帝假一源神禹跡世流三患梗堯鄉靈槎果有仙家事試問青天路短長

史記張騫傳漢使窮河源河源出于窴其山多玉石采來天子按古圖書名河所出山曰崑崙云史記蘇秦傳天時不與雖有清濟濁河惡足爲固一統志太行山在平陽府絳縣漢書堯都平陽靈槎用八月乘槎事詳見本卷

壬寅重九不預會獨遊普門寺僧閣有懷子由

花開酒美盍不歸來看南山冷翠微憶弟淚如雲不散。望鄉心與鴈南飛。明年縱健人應老。昨日追歡意正違。不問秋風強吹帽秦人不笑楚人譏

杜詩憶弟看雲白日眠又明年此會知誰健又羞將短髮還吹帽晉書孟嘉爲桓溫參軍九日遊龍山參僚畢集有風吹落其帽嘉不之覺溫謂左右及賓客勿言

以觀其舉止

小飲公瑾（一作謹）舟中

青泥赤日午相烘，走訪（一作扣）船牕柳影中。輟我東坡無限睡，賞君南浦不貲風。坐觀邸報談迂叟，閑說滁山憶醉翁。此去澄江三萬頃，只應明月照還空。（公自注：鄧滁人也，是日坐中觀邸報云叟入下省。）

庚子山哀江南賦：關上泥青。說文：烘，燎也。詩小雅：卬烘于煁。江文通別賦：送君南浦。迂叟，司馬君實也。醉翁，歐陽永叔也。謝眺詩：澄江淨如練。

和子由次王鞏韻如囊之句可為一噱

平生未省為人忙，貧賤安閑氣味長。粗免趨時頭似葆，稍能忍事腹如囊。簡書見迫身今老，樽酒聞呼首一昂。欲挹天河聊自洗，塵埃滿面鬢眉黃。

漢書頭如蓬葆相經腹如懸囊善蓄多藏詩小雅畏此簡書漢司馬遷傳昂首中書論列是非杜詩安得壯士挽天河淨洗甲兵長不用列仙傳有黃眉翁

儋耳 一統志瓊州昌化漢儋耳地

霹靂收威莫雨開獨憑欄檻倚崔嵬垂天雌霓音鷖雲端下快意雄風海上來野老已歌豐歲語除書欲放逐臣回殘年飽飯東坡老一壑能專萬事灰

漢地理志自合浦徐聞南入海得大州東西南北方千里武帝元封元年略以爲儋耳珠厓郡春秋繁露王者言不從則金不從革而秋多霹靂霹靂金氣也甘氏星經霹靂在雷電南皆北方水府之精而娵訾爲天門故其神棲焉唐書吳武陵與孟簡書云雷砰電射天怒也不能終朝柳宗元之貶已十二年矣聖人在上安有畢世而怒人臣耶公起句暗用其意春秋元命苞虹蜺者陰陽之精雄曰虹雌曰蜺埤雅虹常雙見鮮盛者雄其闇者雌沈約賦雌霓連蜷漢書注蜺讀曰鷖說文霓屈虹青赤或白陰氣也垂天出莊子逍遙遊宋玉風賦此大王之雄風也杜詩但願殘年飽喫飯世說一丘一壑自謂過之史記死灰不復然乎

答李端叔

若人如馬亦如班笑履壺頭出玉關已入西羌度沙磧
又來東海看濤山識君小異千人裏慰我長思十載間。
西省憐君一作鄰居時邂逅相逢有味是偷閑
後漢馬援傳援征五溪蠻進營壺頭賊乘高守隘水疾船不得上一統志玉門關在沙州班超上書願生入玉門關卽此又沙州有鳴沙山天氣清朗則沙鳴聞數里外郡國志伊州銕勒國路多沙磧沙內聞叫喚聲不見人蓋鬼物也史記有味乎其言之也

立春日病中邀安國仍請率禹功同來僕雖不能飲當請成伯主會某當杖策倚几於其間觀諸公醉笑以撥滯悶也

孤燈照影夜漫漫拈得花枝不忍看白髮欹簪羞彩勝
黃耆煮粥薦春盤東方烹狗陽初動南陌爭牛臥作團

老子從來興不淺向隅誰有滿堂歡

荆楚歲時記人日造華勝相遺起晉賈充又曰人日剪綵爲人帖屏風上亦戴之頭鬢與戒像瑞圖金勝之形又取像西王母戴勝也李商隱詩鏤金作勝傳荆俗剪綵爲人紀晉風玉燭寶典新正作膏粥以祠門戶風土記月正元日五薰鍊形注噉五辛菜所以助發五臟之氣也庾肩吾詩聊傾柏葉酒試奠五辛盤四時寶鑑唐人立春日作春餅生菜號春盤禮記月令季冬之月磔狗于四門出土牛以送寒氣論衡立春爲土象人男女各二秉耒耜又立土象牛順時應氣示率下也晉庾亮傳老子於此興復不淺再見韓詩外傳一人向隅滿座不樂

齋居臥病禁煙前辜負名花已一年此日使君不强喜青春風物爲誰妍青衫公子家千里白首先生杖百錢曷不相將來問病已教呼取散花天

周禮司烜氏仲春以木鐸修火禁于國中注爲季春將出火也連昌宮詞店舍無烟宮樹綠史記魏其武安侯傳韓御史良久謂丞相曰君何不自喜白居易詩江州司馬青衫濕晉書阮脩以百錢挂杖頭至酒店便獨酣暢維摩經長者維摩詰以方便現身有疾以其疾故無數千人皆往問疾又會中有一天女以天花散諸

菩薩悉皆墮落李義山詩維摩一室雖多病亦要天花作道場

和參寥見寄

黄樓南畔馬臺東雲月娟娟正點空欲共幽人洗筆硯要傳流水入絲桐且隨侍者尋西谷莫學山僧老祝融待我西湖借君去一杯湯餅潑油葱

黄樓戲馬臺注並見前一統志祝融在衡山位直離宮以配火德乃祝融君游息之所道書第二十四福地後漢書願借寇君一年

東園

岑寂東園可散愁膠膠擾擾夢神州萬竿苦竹旌旗卷一部鳴蛙鼓吹收雨後月前天欲冷身閑心遠地偏幽杜門謝客恐生謗且作人間鵬鷃遊

莊子天道篇堯曰然則膠膠擾擾乎神州鼓吹註並見前陶詩心遠地自偏莊子有人間世篇又逍遙遊鵬摶扶搖而上者九萬里尺鴳笑之曰彼且奚適也

奉和陳賢良

不學孫吳與六韜敢將駑馬並英豪望窮海表天還遠傾盡葵心日愈高身外浮名休瑣瑣夢中歸思已滔滔三山舊是神仙地引手東來一釣鼇

漢藝文志吳孫子兵法八十二篇注孫武也齊孫子八十九篇注孫臏也吳起四十八篇周史六弢六篇注即今之六韜史記騏驥之衰也駑馬先之釋文智出萬人曰英智過百人曰豪廣雅葵菜常傾葉向日杜詩何用浮名絆此身魏文季緒瑣瑣何足以云史記封禪書使人入海求蓬萊方丈瀛洲此三神山者諸仙人及不死之藥皆在焉釣鼇注見前又唐李白稱東海釣鼇客

秋興三首

野鳥游魚信往還此身同寄水雲間誰家晚吹殘紅葉

一夜歸心滿舊山。可慰摧頽仍健食此生通脫屢酡顔

年華豈是催人老雙鬢無端只自斑

佛遺教經云不一往還去已無返晉書豈喜通脫而憚檢束

故里依然一夢前相攜重上釣魚船嘗陪大幙今陳迹

謬忝承明愧昔年報國無成空白首退耕何處有名田

黃雞白酒雲山約此計當時已浩然

蘭亭記俯仰之間已爲陳迹西都賦金馬承明著作之廬漢書限民名田浩然有歸志本孟子

浴鳳池邊星斗光宴餘香滿上書囊樓前夜月低韋曲

雲裏車聲出未央去國何年雙鬢雪。黃花重見一枝霜。

傷心無限厭厭夢。長似秋宵一倍長。

史記集上書囊以爲殿帷一統志樊川韋曲乃韋安石別業杜詩韋曲花無賴漢高帝紀蕭何治未央宮立東闕北闕前殿武庫詩小雅厭厭夜飲

夜直祕閣呈王敏甫

蓬瀛宮闕隔埃氛帝樂天香似許聞瓦弄寒蟬鶯臥月

樓生晴靄鳳盤雲共誰交臂論今古只有閑心對此君

大隱本來無境界北山猿鶴謾移文

此君用晉王子猷語已見白樂天詩大隱在朝市小隱在丘樊不如作中隱隱在留司間猿鶴用孔稚圭北山移文語已見

次韻參寥寄少游

岩棲木石已皤然交舊何人慰眼前素與晝公心印合

每思秦子意珠圓當年步月來幽谷拄杖穿雲冒夕煙

臺閣山林本無異故應文字不離禪

高僧傳惠可立雪斷臂求法于達磨達磨曰我法一心不立文字法師以心契故曰心印晝公唐詩僧皎然姓謝字淸晝湖州人已見

謝曹子方惠新茶

陳植文華斗石高景公詩句復稱豪數奇不得封龍額祿仕何妨有馬曹囊簡久藏科斗字銛鋒新瑩鸊鵜膏南州山水能爲助更有英辭勝廣騷

陳植陳思王曹植也謝靈運云天下才共一石曹子建獨得八斗我得一斗自古及今共用一斗史記李廣數奇不得封侯又韓說封龍額侯世說王子猷作桓車騎騎兵參軍桓問曰卿何署荅曰不知何署時見牽馬來似是馬曹李長吉詩鸊鵜淬花白鷳尾注鸊鵜似鳧而小膏中瑩刀

題潭州徐氏春暉亭

曈曈曉日上三竿客向東風竟倚欄穿竹鳥聲驚步武入簷花影落杯盤勿嫌步月臨玄圃冷笑乘槎向海灘

勝槩直應吟不盡憑君寄與畫圖看晉陸機傳後葛洪著書稱機文猶玄圃之積玉無非夜光焉一作縣圃

贈仲勉子文

雨昏南浦曾相對雪滿荆州喜再逢有子才如不羈馬知君心似後凋松閑看書冊應多味老傍人門想更慵何日晴軒觀筆硯一杯相屬更從容

講武臺南有感又見黃山谷集

山城九月冒朝寒講武臺南路屈盤騶子雨中乘馬去村童煙外倚牆看鵶號冢木秋風急鷺立漁船夜水乾花似去年堪折贈插花人去淚闌干

題寶雞縣斯飛閣 寶雞屬鳳翔府秦陳倉地小雅斯干詩云如翬斯飛

西南歸路遠蕭條，倚檻魂飛不可招。野闊牛羊同鴈鶩，天長草樹接雲霄。昏昏水氣浮山麓，汎汎春風弄麥苗。誰使愛官輕去國，此身無計老漁樵。

重遊終南子由以詩見寄次韻

去年新柳報春回，今日殘花覆綠苔。溪上有堂還獨宿，誰人無事肎重來。古琴彈罷風吹座，山閣醒時月照杯。嬾不作詩君錯料，舊逋應許過時陪。

次韻和子由欲得驪山沉泥硯 沉一作澄

舉世爭稱鄴瓦堅，一枚不換百金頒。豈知好事王夫子

自採臨潼繡領山經火尚含泉脈暖吊秦應有淚痕潸封題寄去吾無用近日從戎擬學班

硯譜銅雀硯世傳鄴城古瓦體質細潤而堅如石不費筆而發墨此古所重者而今絕無鄴民乃僞造以紿遠方又虢州澄泥硯唐人品硯以爲第一米芾云絳縣人善製澄泥硯以細絹二重淘洗澄之取極細者燔爲硯有色綠如春波者細滑著墨不費筆但微滲耳班超投筆注見前

次韻子由彈琴

琴上遺聲久不彈琴中古義本長存苦心欲記常迷舊信指如歸自看痕應有仙人依樹聽空教瘦鶴舞風騫誰知千里溪堂夜時引驚猿撼竹軒

韓非子衛靈公之晉平公觴之靈公令師涓鼓琴師曠曰此清商也不如清徵師曠援琴而鼓一奏之有玄鶴二八從南方來再奏而列三奏之延頸而鳴舒翼而舞音中宮商

再次前韻係織錦圖上回文

春機滿織回文錦粉淚揮殘露井桐人遠寄情書字小
柳絲低日晚庭空
紅牋短寫空深恨錦句新翻欲斷腸風葉落殘驚夢蝶
戍邊回鴈寄情郎
羞雲斂慘傷春暮細縷詩成織意深頭伴枕屏山掩恨
日昏塵暗玉牕琴

和人回文五首

紅牕小泣低聲怨永夕春寒斗帳空中酒落花飛絮亂
曉鶯啼破夢悤悤

同誰更倚閑牕繡落日紅扉小院深東復西流分水嶺
恨無愁續斷絃琴
後漢蔡琰傳注邕夜鼓琴絃絕琰曰第二絃邕故斷一絃問之琰曰第四絃竝不差謬
寒信風飄霜葉黃冷燈殘月照空牀看君寄憶傳文錦
字字縈愁寫斷腸
前堂畫燭夜凝淚半夜清香荔惹衾煙鎖竹枝寒宿鳥
水沉天色霽橫參
娥翠斂時聞燕語淚珠彈處見鴻歸多情妾似風花亂
薄倖郎如露草晞
詩小雅湛湛露斯匪陽不晞

移合浦郭功甫見寄

君恩浩蕩似陽春合浦何如在海濱莫趁明珠弄明月夜深無數採珠人

後漢孟嘗傳合浦郡海出明珠先時宰守貪穢珠漸徙于交阯嘗爲太守革易前弊去珠復還

送佛面杖與羅浮長老

十方三界世尊面都在東坡掌握中送與羅浮德長老攜歸萬竅總號風

楞伽云三界欲界色界無色界也法華經解世尊十號具足世出世間之所宗主故名世尊莊子齊物論大塊噫氣其名爲風是惟無作作則萬竅怒號

復官北歸再次前韻

秋霜春雨不同時萬里今從海外歸已出網羅毛羽在

卻尋雲跡帖天飛

蜀僧明操思歸龍丘子書壁

更厭勞生能幾日莫將歸思擾衰年片雲會得無心否南北東西只一天

歸去來辭雲無心以出岫禮記檀弓丘也東西南北之人也

武昌酌菩薩泉送王子立

送行無酒亦無錢勸爾一杯菩薩泉何處低頭不見我四方同此水中天

晉書長星勸汝一杯酒註詳見前楞嚴經有佛出世名爲水天教諸菩薩修習水觀入三摩地觀于身中水性無奪與世界外浮幢王刹諸香水海等無差別

答海上翁

山翁不復見新詩疑是河南石壁𡻕海水豈容鯨飲盡然犀何處覓瓊枝

燃犀用溫嶠事注見前

占山亭 一作懷口令陳德任新作占山亭二絕

尚父提封海岱間南征惟到穆陵關誰知海上詩狂客占得膠西一半山

詩大雅惟師尚父禮記提封萬頃史記海岱之間斂袂而往朝故齊冠帶衣履甲天下左傳昔召康公命我先君太公曰五侯九伯女實征之賜我先君履東至于海西至于河南至于穆陵北至于無棣一統志膠西今膠州隸萊州府

我是膠西舊使君此山仍占與君分故應竊比山中相時作新詩寄白雲

陶弘景詩山中何所有嶺上多白雲只可自娛悅不堪持贈君南史弘景止句曲山自號華陽陶隱居梁武帝既蚤與之游及卽位恩禮愈篤書問不絕時人謂爲山中宰相

題懷素草帖

國史補長沙僧懷素善草書自言得艸聖三昧

人人送酒不曾沽終日松間挂一壺草聖無成狂飲發眞堪畫作醉僧圖

書斷張芝字伯英善草書精勁絕倫臨池學書池水盡黑韋仲將謂之草聖唐書張旭善草書性好飲醉後輒以頭搵水墨而書醒而觀之以爲若有神助

雨中明慶賞牡丹

霏霏雨露作清妍爍爍明燈照欲然明日春陰花未老故應未忍著酥煎

洛陽貴尚錄孟蜀時兵部貳卿李昊每牡丹花開分遺親友以金鳳牋成歌詩以致之又以興平酥同贈花謝時煎食之

贈僧思誼

瀉湯舊得茶三昧覓句近窺詩一斑清夜漫漫困披覽一作搜攪齋腸那得許慳頑晉書王獻之年數歲嘗觀門生摴蒱曰南風不競門生曰此郎亦管中窺豹時見一斑獻之怒拂衣而去

子玉以詩見邀同刁丈遊金山

君年甲子未相逢難向君前說老翁更有方瞳八十一奮衣矍鑠走山中仙傳眼方者壽千歲陶弘景晚年一目有時而方後漢馬援傳援據鞍顧眄以示可用光武曰矍鑠哉是翁

次韻致遠

長笑右軍稱草聖不如東野以詩鳴樂天自欲吟淮月

懷祖無勞聽角聲

晉書王羲之每自稱我書比鍾繇當抗行比張芝艸猶當鴈行也又王述字懷祖每聞角聲謂羲之當候己輒灑掃而待之如此累年而羲之竟不顧述以爲恨

次韻景文山堂聽箏三首

忽憶韓公二妙姝琵琶箏韻落空無猶勝江左狂靈運

空鬬東昏百草須

傅玄琵琶賦序漢送烏孫公主嫁昆彌念其行道思哀使知音者裁箏筑箜篌之聲作馬上之樂以方語目之故曰琵琶取易傳于外國也釋名琵琶本出于胡中馬上所鼓也推手前曰琵引手卻曰琶象其鼓時因以爲名風俗通箏秦聲也按樂記箏五絃筑身今幷涼二州箏形如瑟不知誰所改易也南史謝靈運傳安西將軍奕之曾孫而方明從子也祖玄父瑍靈運幼便穎悟博覽工文與顏延之爲江左第一晉陽秋謝靈運鬚美臨刑因施作南海祇洹寺維摩詰像鬚寺僧保惜畧不汚損齊東昏侯與宮人鬬百草剔取靈運鬚去

馬上胡琴塞上姝鄭中丞後有人無詩成畫燭飄金燼

八尺英公欲燎須

樂錄琵琶一名胡琴一名韓婆鄭中丞唐宮人以彈小忽雷擅名事載艷異編唐書李勣傳姊嫂寡有疾自爲煮粥火燎其須曰吾與姊皆老矣能幾進之勣封英國公

荻花楓葉憶秦姝切切幺絃細欲無莫把胡琴挑醉客回看霜戟褚公須

白樂天琵琶行大絃嘈嘈如急雨小絃切切如私語南史褚彥回傳山陰公主淫恣窺見彥回悅之以白帝帝令彥回西上閤宿公主夜就之從夕至曉彥回不爲移志公主謂曰君須髯如戟何無丈夫意彥回曰回雖不敏何敢首爲亂階

成伯家宴造坐無由輒欲效顰而酒已盡入夜不欲煩擾戲作小詩求數酌而已

道士令嚴難繼和僧伽帽小卻空迴隔籬不喚鄰翁飲

抱甕須防吏部來公自注道士令悅神樂中所謂離而復合者杜詩云肎與鄰翁相對飲隔籬呼取盡餘杯晉書畢卓字茂世太興末爲吏部郎嘗飲酒廢職比舍郎釀熟卓因醉夜至其甕間盜飲之爲掌酒者所縛明旦視之乃畢吏部也

戍伯席上贈所出妓川人楊姐

坐來眞个好相宜深注脣兒淺畫眉須信楊家佳麗種洛川自有浴妃池一統志楊妃池在灌縣妃父玄琰爲蜀司戶生妃于此按洛當作灌

又答氈帳

臥病經旬減帶圍清樽忘卻故人期莫嫌雪裏閑氈帳作事猶來未合時南史沈約傳約以書陳情于勉言已老病百日數旬革帶常應移孔以手握臂率計月小半分又梁昭明太子傳體素壯腰帶十圍至是減削過半

往年宿瓜步夢中得小詩錄示民師

吴塞蒹葭空碧海隋宫楊柳只金堤春風自恨無情水吹得東流竟日西

送范德孺

漸覺東風料峭寒青蒿黄韭試春盤遥想慶州千嶂裏暮雲衰草雪漫漫

陸蓮菴 草木狀生于陸者曰旱蓮

何妨紅粉唱迎仙來伴山僧到處禪陸地生花安足怪而今更有火中蓮

僕年三十九在潤州道上過除夜作此詩又二

十年在惠州錄之以付過

寺官官小未朝參，紅日半牕春睡酣。爲報鄰雞莫驚覺，更容殘夢到江南。

釣艇歸時菖葉雨，繅車鳴處楝花風。長江昔日經遊地，盡在如今夢寐中。

歲時記：自小寒至穀雨，四月八氣，二十四候，每候五日，以一花之風信應之。穀雨一候牡丹，二候酴醾，三候楝花。楝花竟則立夏。

壽陽岸下

街東街西翠幄成，池南池北綠錢生。幽人獨來帶殘酒，一作雨 偶聽一作聞得黃鸝第一聲。

戲答王都尉傳柑

侍史傳柑玉座傍人間草木盡天漿寄與維摩三十顆不知薝蔔是餘香公自注舉輕明重維摩猶三十枚詩話唐上元夜宮人以黄羅包柑遺近臣謂之傳柑宴劉禹錫謝柑表甘踰萍實寒比天漿釋典西域有薝蔔林卽梔子也其花六出維摩經如人入薝蔔林唯聞薝蔔不嗅餘香王維六祖碑林是旃檀更無雜樹花惟薝蔔不嗅餘香

萬州太守高公宿約遊岑公洞而夜雨連明戲贈二小詩

肩輿欲到岑公洞正怯衝泥傍險行定是岑公闕清境春江一夜雨連明。杜詩虛疑皓首衝泥怯實少銀鞍傍險行一統志岑公巖在萬州大江之南石巖盤結若華蓋左右方池有泉噴薄巖下如簾松篁藤蘿蓊蔚蒼翠記稱神仙窟也

蓬牕高枕雨如繩恰似糟牀壓酒聲今日岑公不能飲

吾儕猶健可頻傾

遊中峯杯泉

石眼杯泉舉世無要知杯度是凡夫可憐狡獪維摩老戲取江湖入鉢盂高僧傳晉杯渡者不知其姓名常乘木杯渡河因名焉再見

憩寂圖

東坡雖是湖州派竹石風流各一時前世畫師今姓李不妨還作輞川詩

送柳宜歸又見黄山谷集題曰長沙留别

折腳鐺邊煨淡粥曲枝桑下飲離杯書生不是南遷客

魑魅驚人須蚤回

宋玉招魂魂兮歸來南方不可以止些蝮蛇蓁蓁封狐千里些左傳以禦魑魅杜詩文章憎命達魑魅喜人過

寒具公自注乃念頭出劉禹錫佳話

纖手搓來玉數尋碧油輕蘸嫩黃深夜來春睡濃於酒壓褊佳人纏臂金

續晉陽秋桓玄好蓄法書名畫客至嘗出而觀客食寒具油汙其畫後遂不設寒具注寒具鐶餅名釋名金條脫纏臂金也今之手釧

參寥惠楊梅

新居未換一根椽只有楊梅不直錢莫共金家鬭甘苦參寥不是老婆禪

史記魏其武安傳灌夫無所發怒乃罵臨汝侯曰生平毀程不識不直一錢傳燈錄臨濟參大愚愚曰黃蘗與麼老婆心切為汝得徹困更來這裏問有過無過師

於言下大悟又普化云河陽新婦子木塔老婆禪臨濟小厮兒卻具一隻眼

雨夜宿淨行院

芒鞋不踏利名場一葉輕（一作虛）舟寄渺茫林下對牀聽夜雨靜無燈火照淒涼

送惠州監押（一作送都監北歸）

一聲鳴（一作鴻）鴈破江雲萬葉梧桐卷露銀我自飄零足羇旅更堪秋晚送行人

過黎君郊居

半園荒草沒佳蔬煮得占禾半是藷萬事思量都是錯不如還叩仲尼居

贈王覲

何人生得寧馨子今夜初逢掣筆郎莫怪圍碁忘瓜葛已能作賦繼靈光

晉書王衍總角嘗造山濤濤嗟歎良久既去目而送之曰何物老嫗生此寧馨兒王獻之傳七八歲時學書羲之密從後掣其筆不得歎曰此兒後當復有大名世說王長豫幼便和令丞相愛恣甚篤每共圍棊丞相欲舉行長豫按指不聽丞相笑曰詎得爾相與似有瓜葛蔡邕獨斷瓜葛疎親也文選註王延壽字文考有儁才父逸欲作靈光殿賦命延壽往圖其狀延壽因韻之以獻其父父曰吾無以加也時蔡邕亦有此作十年不成見此賦遂隱而不出

太夫人以无咎生日置酒書壁一絕

壽樽餘瀝到朋簪要與郎君夜語深敢問阿婆開後閤井中車轄任浮沉

杜詩朋來慶壺簪應璩與滿公琰書外綦郎君謙下之德注云璩曾事其父奮故稱郎君漢陳遵傳遵嗜酒每大飲賓客滿堂輒關門取客車轄投井中雖有急終

蘇詩續補遺卷之下

不得去嘗有部刺史奏事過遵值其方飲刺史大窮候遵霑醉時突入見遵母叩頭自白當對尚書有期會狀母廼令從後閤出去

余舊在錢塘伯固開西湖今方請越戲謂固可復來開鏡湖伯固有詩因次韻

已分江湖送此生會稽行復得岑成鏡湖席卷八百里坐嘯因君又得名

郘伯梵行寺山茶

山茶相對阿一作本誰栽細雨無人我獨來說似與君君不會一作見爛紅如火雪中開

奉和成伯兼戲禹功

金錢石竹道傍秋翠黛紅帬馬上謳無限小兒齊拍手

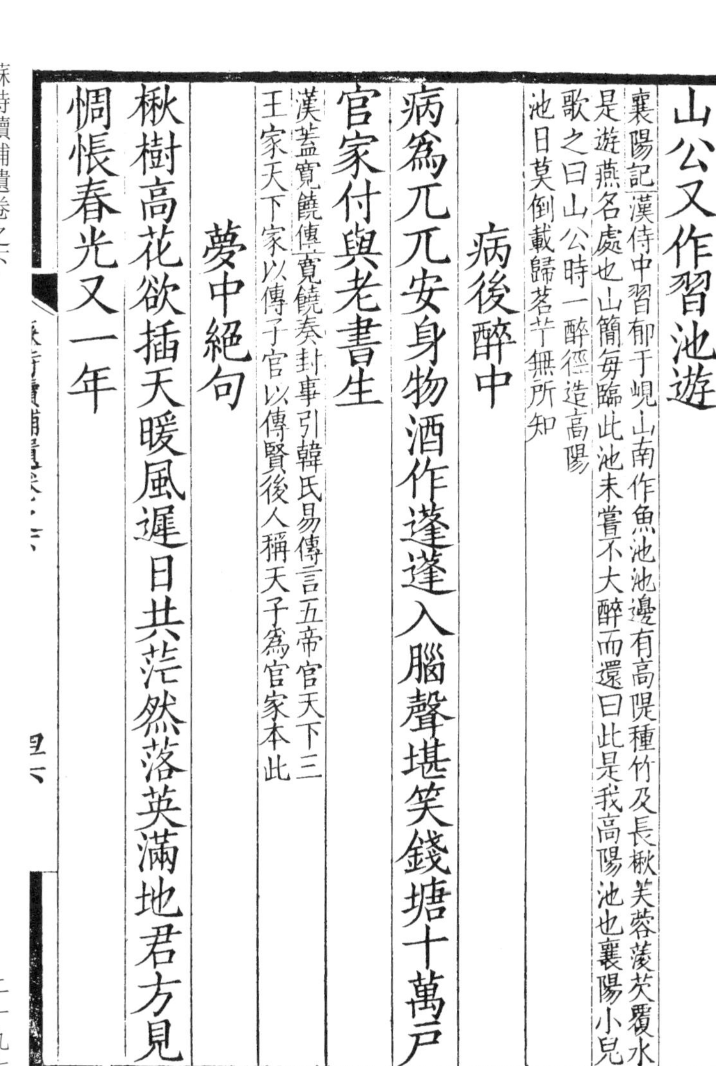

山公又作習池遊

襄陽記漢侍中習郁于峴山南作魚池池邊有高隄種竹及長楸芙蓉菱芡覆水
是遊燕名處也山簡每臨此池未嘗不大醉而還曰此是我高陽池也襄陽小兒
歌之曰山公時一醉徑造高陽
池日莫倒載歸茗艼無所知

病後醉中

病爲兀兀安身物酒作蓬蓬入腦聲堪笑錢塘十萬戶
官家付與老書生

漢蓋寬饒傳寬饒奏封事引韓氏易傳言五帝官天下三
王家天下家以傳子官以傳賢後人稱天子爲官家本此

夢中絕句

楸樹高花欲插天暖風遲日共茫然落英滿地君方見
惆悵春光又一年

元翰少卿寵惠谷簾水一器龍團二枚仍以新詩爲貺歎味不已次韻奉和

巖垂疋練千絲落雷起雙龍萬物春此水此茶俱第一共成三絕景中人

方輿記谷簾泉在南康府城西泉水如簾布巖而下者三十餘派陸羽品其味爲天下第一韓詩外傳顔回望吳門見一匹練孔子曰馬也注匹練言其光如練也

藏春塢三首

退之身外無窮事子美生前有盡花更有多情君未識不隨柳絮落人家

莫尋羣玉峯頭路莫看玄都觀裏花但解閉門畱我住主人休問是誰家

朱閣前頭露井多碧桃枝下美人過寒泉未必能如此奈有銀牀素綆何李太白詩梧桐落金井一葉飛銀牀

謝都事惠米

平生忍慾今忍貧閉口逢人不少陳俸薄身輕趙都事也能作意向詩人

别公擇

黍離不復閔宗周何暇雷塘弔一丘若問西來祖師意竹西歌吹是揚州黍離注見前一統志煬帝塚在揚州府城北雷塘又竹西亭在府城東北杜牧詩誰知竹西路歌吹是揚州

絕句

春來濯濯江邊柳秋後離離湖上花不羨千金買歌舞一篇珠玉是生涯

世說王恭濯濯如春月柳杜詩詩成珠玉在揮毫

書寄韻

已將鏡鑷投諸地喜見蒼顔白髮新歷數三朝軒冕客色聲誰是獨完人。

投鑷用南史齊鬱林王事已見

遊靈隱寺戲贈開軒李居士

推倒垣牆也不難一軒復作兩軒看若教從此成千里

巧歷如今也被漫

莊子巧歷所不能知

常州太平寺薝蔔亭

六花薝蔔林間佛九節菖蒲石上仙何似東坡鐵拄杖一時驚起野狐禪

運斗樞玉衡星散爲菖蒲本草菖蒲一名堯韭抱朴子菖蒲石上生一寸九節已上紫花者尤善韓終服之十三年身生毛日視書萬言皆誦之冬恒不寒古詩石上生菖蒲一寸八九節仙人勸我飡令我好顏色野狐禪注見前

過文覺顯公房

斕斑碎玉養菖蒲一勺清泉滿石盂淨几明牕書小楷便同爾雅注蟲魚

韓退之詩爾雅注蟲魚定非磊落人

惠州靈惠院壁間畫一仰面向天醉僧云是蜀
僧隱巒所作題詩於其下

直視無前氣吐虹五湖三島在胸中相逢莫怪不相揖
只見山僧不見公

遊太平寺淨土院觀牡丹中有淡黃一朶特奇
爲作小詩

醉中眼纈自斕斑天雨曼陀照玉盤一朶淡（一作官）黃微拂
掠鞓紅魏紫不須看

法華經佛說是經已天雨曼陀華牡丹譜姚黃左紫魏花以姓著青州丹州延州紅以州著又煬帝闢西苑易州進牡丹二十種有頳紅鞓紅等名

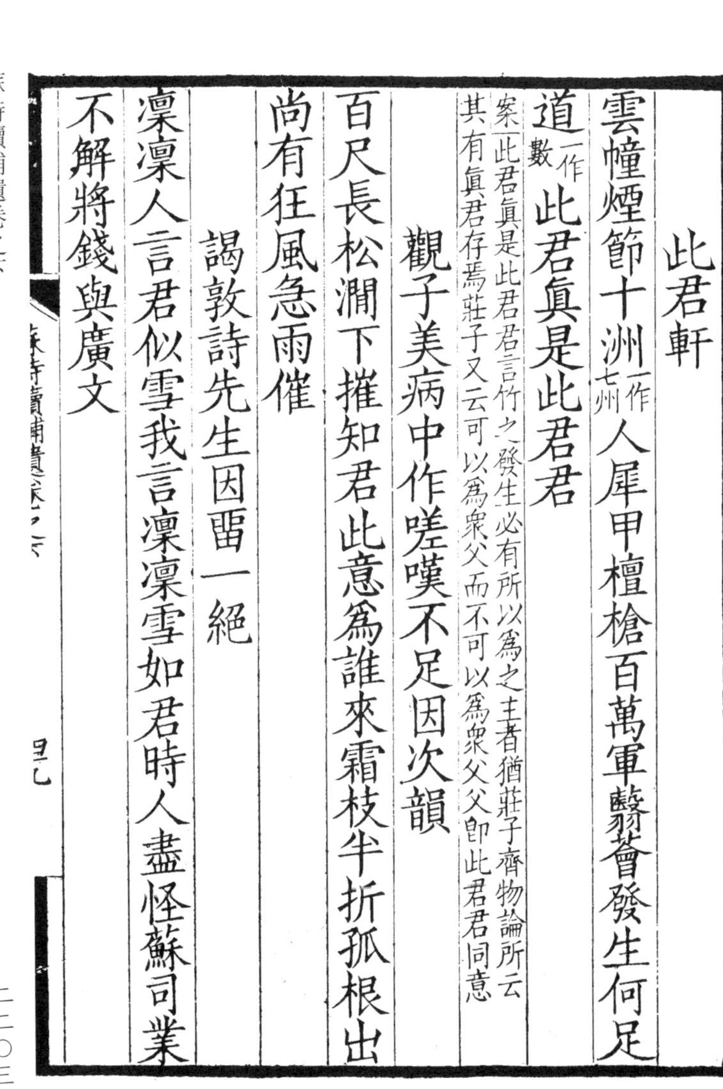

此君軒

雲幢煙節十洲（一作七州）人犀甲檀槍百萬軍蓊薈發生何足道（一作數）此君眞是此君君

案此君眞是此君君言竹之發生必有所以爲之主者猶莊子齊物論所云其有眞君存焉莊子又云可以爲衆父而不可以爲衆父父即此君君同意

覩子美病中作嗟嘆不足因次韻

百尺長松澗下摧知君此意爲誰來霜枝半折孤根出尚有狂風急雨催

謁敦詩先生因畱一絶

凜凜人言君似雪我言凜凜雪如君時人盡怪蘇司業不解將錢與廣文

杜詩只有蘇司業時時乞酒錢

余將赴文登過廣陵而擇老移住石塔相送竹西亭下留詩爲別

竹西失卻上方老石塔還逢惠照師我亦化身東海去姓名莫遣世人知

釋論一覺性是法身二覺相是報身三覺用是化身又釋迦牟尼千百億化身寶王云法身如月之體報身如月之光應身如月之影注應身卽化身也

絕句三首

松柏蕭森溪水南道人只作兩團菴市區收罷豚魚稅來與彌陀共一龕

褚河南帖與彌勒同龕

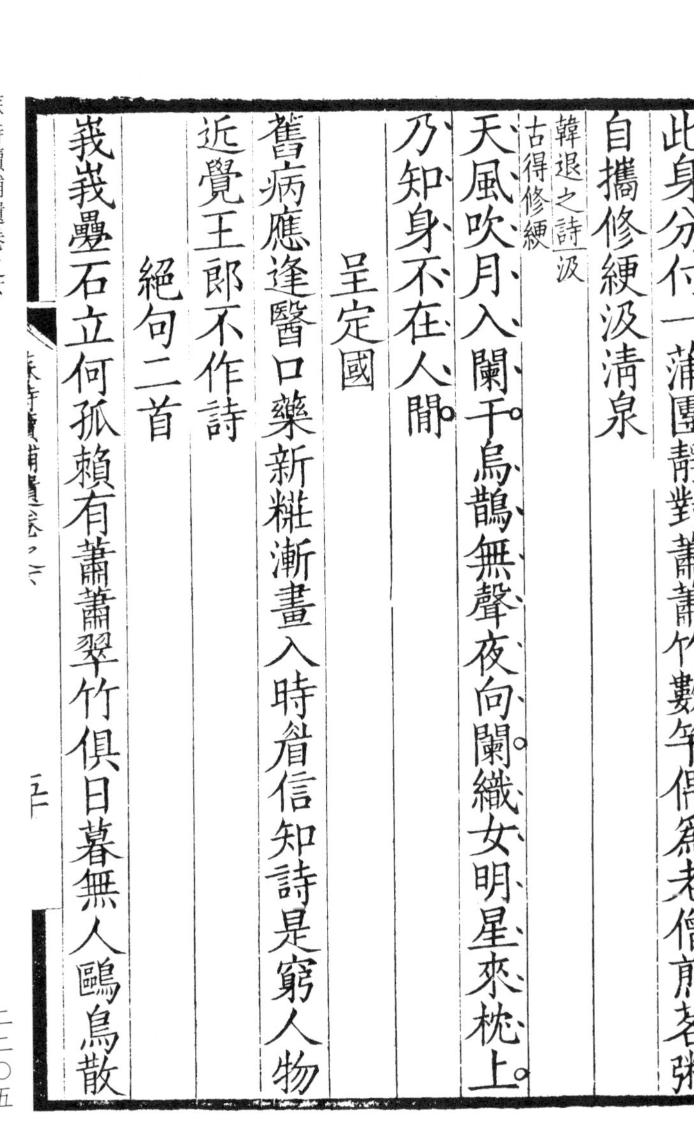

此身分付一蒲團靜對蕭蕭竹數竿偶爲老僧煎茗粥自攜修綆汲清泉韓退之詩汲古得修綆

天風吹月入闌干。烏鵲無聲夜向闌。織女明星來枕上。乃知身不在人間。

呈定國

舊病應逢醫口藥新粧漸畫入時眉信知詩是窮人物近覺王郎不作詩

絕句二首

峩峩疊石立何孤賴有蕭蕭翠竹俱日暮無人鷗鳥散

空留遠水伴寒蘆。漠漠秋高露氣清新蒲倚石近溪生。夜來雨後西風急靜向牕前似有聲

破琴詩後

余作破琴詩求得宋復古畫邢和璞於柳仲遠仲遠以此本託王晉卿臨寫爲短軸名爲邢房悟前生圖作詩題其上

此身何處不堪爲逆旅浮雲自不知偶見一張閑故紙便疑身是永禪師

莊子大宗師偉哉造物又將奚以汝爲將奚以汝適以汝爲鼠肝乎以汝爲蟲臂乎知北遊悲夫世人直爲物逆旅耳維摩詰言是身如浮雲須臾變滅

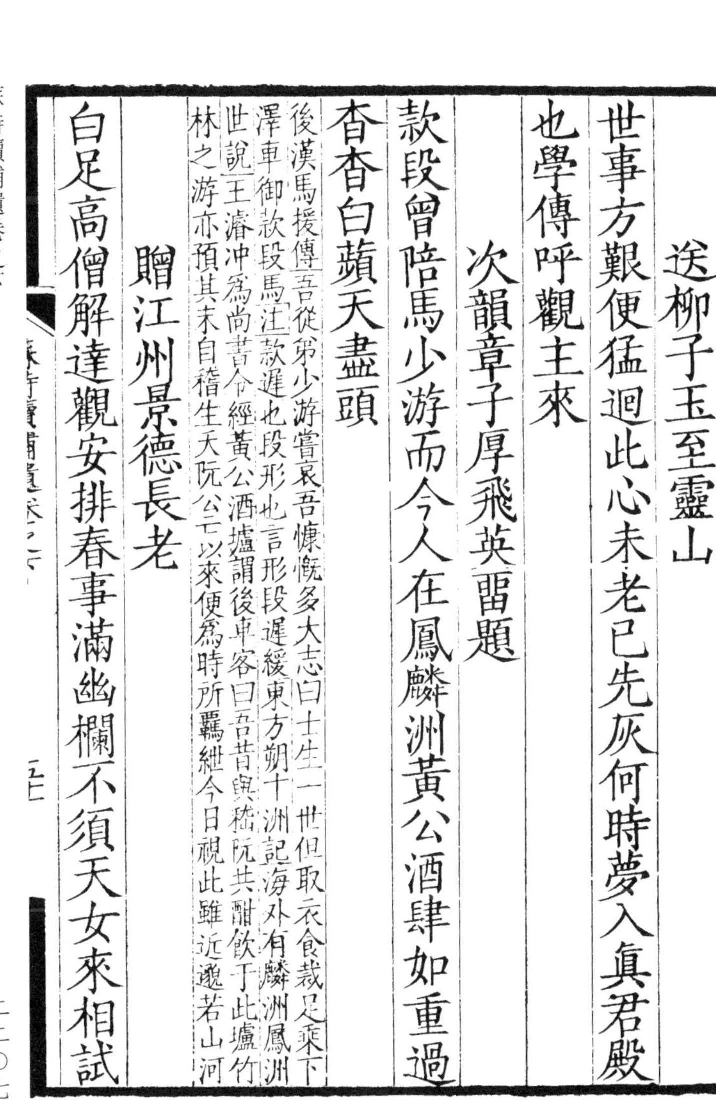

送柳子玉至靈山

世事方艱便猛迴此心未老已先灰何時夢入真君殿也學傳呼觀主來

次韻章子厚飛英留題

款段曾陪馬少游而今人在鳳麟洲黃公酒肆如重過杳杳白蘋天盡頭

後漢馬援傳吾從弟少游嘗哀吾慷慨多大志曰士生一世但取衣食裁足乘下澤車御款段馬注款遲也段形也言形段遲緩東方朔十洲記海外有麟洲鳳洲世說王濬沖爲尚書令經黃公酒壚謂後車客曰吾昔與嵇阮共酣飲于此壚竹林之游亦預其末自嵇生夭阮公亡以來便爲時所羈紲今日視此雖近邈若山河

贈江州景德長老

白足高僧解達觀安排春事滿幽欄不須天女來相試

總把空花眼裏看高僧傳釋曇如游化關中足白于面雖跣涉泥水未嘗沾汗時稱白足和尚天女散花注屢見

雜詩二首

牕搖細浪魚吹沫一作日手弄黃花蝶遶一作透衣不覺春風吹

酒醒空教明月照人歸

昔日雙鵶照淺眉如今婀娜綠雲垂蓬萊老守明朝去

腸斷簾間蟋蟀悲。

元祐癸酉八月二十七日於建隆章淨館書贈

王覲

海上東風犯雪來臘前先折鏡湖梅遥思禁苑青春夜

坐待宫人畫詔回

聞捷

元豐四年十月二十二日謁王文父齊愈於江南坐上得陳季常書報是月四日种諤領兵深入破殺西夏六萬餘人獲馬五千匹衆喜忭各飲一巨觥

聞說將軍取乞誾將軍旗鼓捷如神故知無定河邊柳得共中原雪絮春

宋史元豐四年八月种諤將鄜延及畿内兵九萬三千出綏德城九月諤圍米脂夏人來救戰于無定川大破之斬首五千級十月遂克米脂唐詩可憐無定河邊骨猶是深閨夢裏人

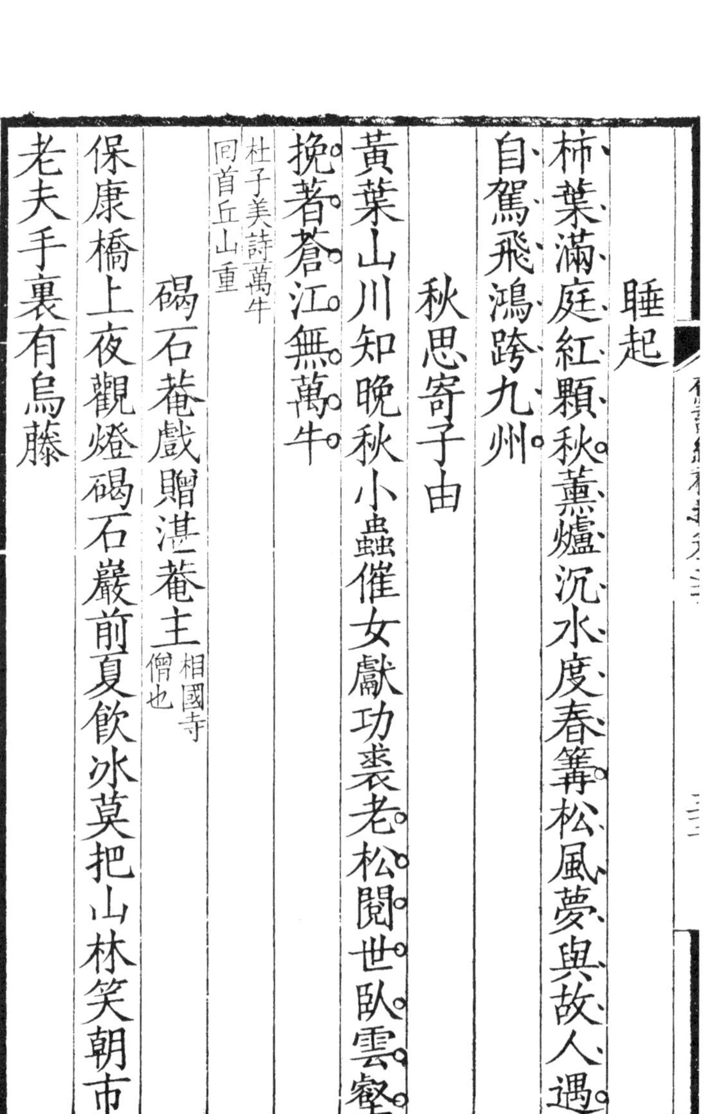

睡起

柹葉滿庭紅顆秋薰爐沉水度春篝松風夢與故人遇自駕飛鴻跨九州

秋思寄子由

黃葉山川知晚秋小蟲催女獻功裘老松閱世臥雲壑挽著蒼江無萬牛杜子美詩萬牛回首丘山重

碙石菴戲贈湛菴主相國寺僧也

保康橋上夜觀燈碙石巖前夏飲冰莫把山林笑朝市老夫手裏有烏藤

散郎亭

法花下有散郎亭老樹蒼崖如有情歡戚已隨時事去
壁間只有古人名

侯灘

江邊皎皎過侯灘更上山腰看打盤百歲老兒親擊鼓
城中憂患不相干

春夜

春宵一刻直千金花有清香月有陰歌管樓臺聲細細
鞦韆院落夜沉沉

天寶遺事宮中寒食競立鞦韆令宮嬪嬉笑宴樂明皇呼爲半仙戲古今藝術圖北方山戎寒食用鞦韆以戲習輕蹻也

火星巖

火星巖下石淩壁閣上相忘止一僧莫問人間興廢事門前流水几前燈

讀開元天寶遺事三首一作開元遺事三首

姚宋亡來事事輿一官銖重萬人輕朔方老將風流在不取西蕃石堡城姚宋姚崇宋璟也連昌宮詞開元欲末姚宋死朝廷漸漸由妃子朔方老將王忠嗣也策石堡之得不當所亡

潭裡車一作春船百倍多廣陵銅器越溪羅三郎官爵如泥土爭唱弘農得寶歌通鑑江淮南租庸等使韋堅引滻水抵苑東望春樓下爲潭以聚江淮運船役夫匠通漕渠發人丘壟自江淮至京城民間蕭然愁怨天寶二年三月上幸望春樓

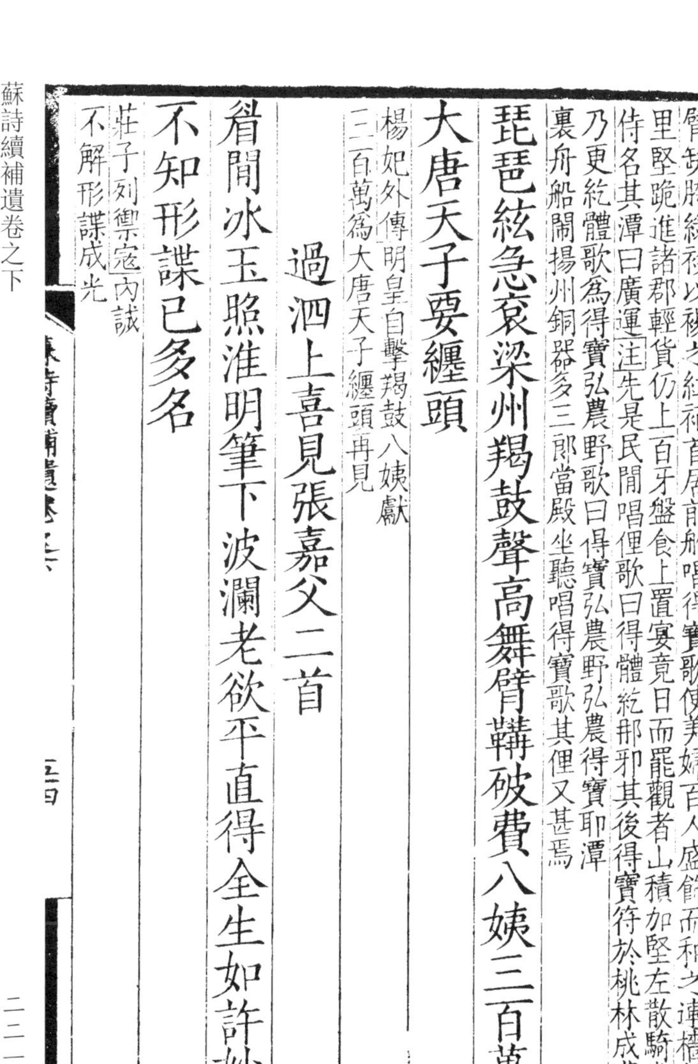

觀新潭堅以新船數百艘扁榜郡名各陳郡中珍貨於船背陝尉崔成甫著錦半臂缺胯綠衫以裼之紅袹首居前船唱得寶歌使美婦百人盛飾而和之連檣數里堅跪進諸郡輕貨仍上百牙盤食上置宴竟日而罷觀者山積加堅左散騎常侍名其潭曰廣運注先是民間唱俚歌曰得體紇那邪其後得寶符於桃林成甫乃更紇體歌爲得寶弘農野歌曰得寶弘農野弘農得寶耶潭裏舟船鬧揚州銅器多三郎當殿坐聽唱得寶歌其俚又甚焉

琵琶絃急袞梁州羯鼓聲高舞臂韝破費八姨三百萬大唐天子要纏頭

楊妃外傳明皇自擊羯鼓八姨獻三百萬爲大唐天子纏頭再見

過泗上喜見張嘉父二首

胷間冰玉照淮明筆下波瀾老欲平直得全生如許妙不知形諜已多名

莊子列禦寇内誠不解形諜成光

空翠娛人意自還明牕一榻共秋閑會知名利不到處
定把清觴屬此山

謝惠貓兒頭笋

長沙一日煨籩筍鸚鵡洲前人未知走送煩公助湯餅
貓兒突兀鼠穿籬

題淨因堂

瞑倚蒲團卧鉢囊半牕疎箔度微凉蕉心不展待時雨
葵葉爲誰傾夕陽

同景文詠蓮塘

塘上鈎簾對晚香不知斜日已侵牀江妃自惜凌波韈

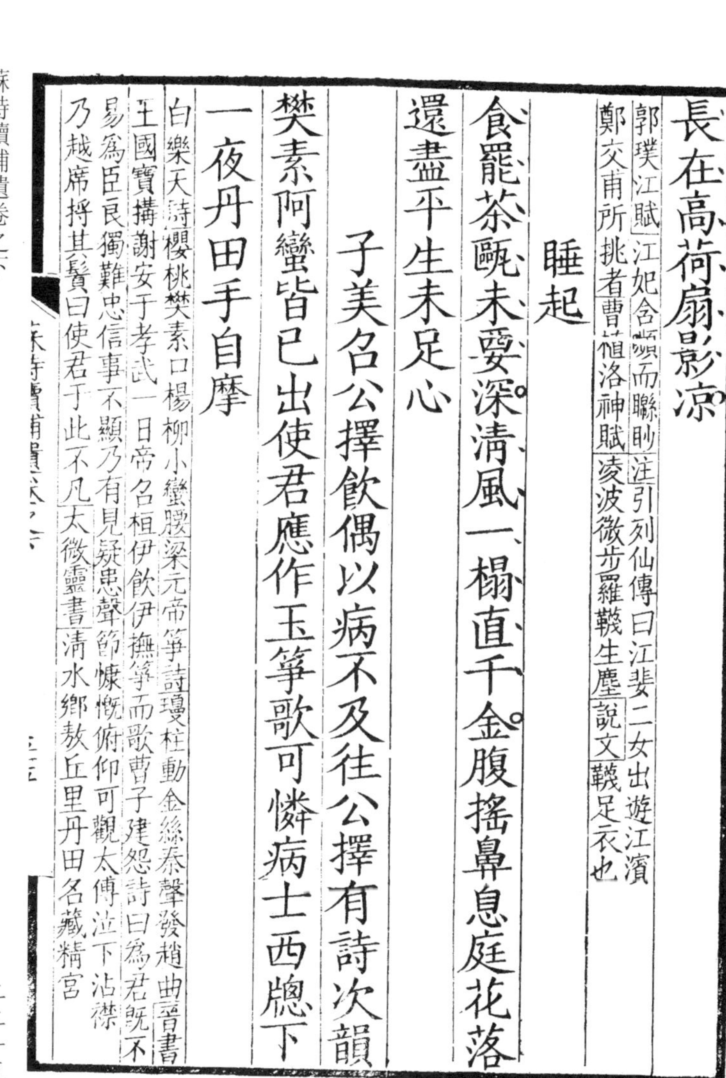

長在高荷扇影涼

郭璞江賦江妃含嚬而矊眇注引列仙傳曰江斐二女出遊江濱鄭交甫所挑者曹植洛神賦凌波微步羅韤生塵說文韤足衣也

睡起

食罷茶甌未要深清風一榻直千金腹搖鼻息庭花落還盡平生未足心

子美名公擇飲偶以病不及往公擇有詩次韻

樊素阿蠻皆已出使君應作玉箏歌可憐病士西牕下一夜丹田手自摩

白樂天詩櫻桃樊素口楊柳小蠻腰梁元帝箏詩瓔柱動金絲秦聲發趙曲晉書王國寶搆謝安于孝武一日帝名桓伊飲伊撫箏而歌曹子建怨詩曰爲君既不易爲臣良獨難忠信事不顯乃有見疑患聲節慷慨俯仰可觀太傅泣下沾襟乃越席捋其鬚曰使君于此不凡太微靈書清水鄉敖丘里丹田名藏精宮

和參寥

芥舟只合在坳堂紙帳心期老孟光不道山人今忽去曉猨啼處月茫茫

莊子逍遥遊覆杯水于坳堂之上則芥爲之舟置杯焉則膠後漢書梁鴻取孟氏女名光字之曰德曜

醉題信老方丈

鶴作精神松作筋堦庭蘭玉一時春願君且住三千歲長與東坡作主人

常州太平寺觀牡丹

武林千葉照觀空別後湖山幾信風自笑眼花紅緑眩還將白首看鞓紅

竹枝詞 又見黄山谷集數字小異

自過一作日瘦鬼門關外天命同一作輕人鮓甕頭船北人墮淚南人笑青嶂無梯問杜鵑

九域志容州鬼門關漢伏波將軍馬援討林邑蠻路由此立碑石龜尚在

寄歐叔弼

昔葬衣冠今在否近來消息不須疑曾聞圯上逢黄石久矣留侯不見欺

史記封禪書祭黄帝冢橋山釋兵須如上曰吾聞黄帝不死今有冢何也或對曰黄帝已仙上天羣臣葬其衣冠

題淨因院

門外黄塵不見山箇中草木亦常閑屐聲如渡薄冰過

催粥華鯨吼夜闌

東都賦「發鯨魚鏗華鐘」薛綜注「海島有大獸名蒲牢蒲牢畏鯨魚鯨魚一擊蒲牢輒大吼凡鐘欲令聲大故作蒲牢于上以所擊之者爲鯨魚之狀鐘有篆刻之文故曰華鐘

絕句

柴桑春晚思依依屋角鳴鳩雨欲飛昨日已收寒食火吹花風起卻添衣

和黃龍清老三首

萬山不隔中秋月一鴈能傳寄遠書深密伽陀枯戰筆眞誠相見問何如

謝莊月賦「隔千里兮共明月」釋典「僧者梵語具云僧伽不言伽者省文也」天台八教頓漸祕密不定藏通別圓

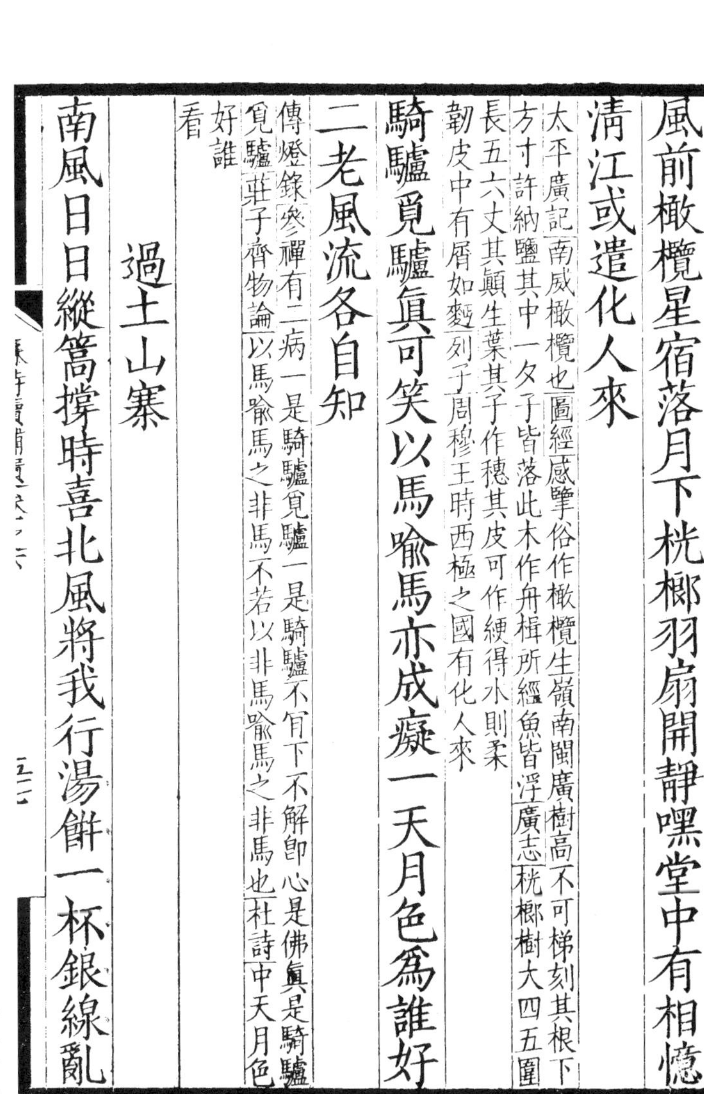
風前橄欖星宿落月下桄榔羽扇開靜嘿堂中有相憶

清江或遣化人來

太平廣記南威橄欖也圖經感擎俗作橄欖生嶺南閩廣樹高不可梯刻其根下方寸許納鹽其中一夕子皆落此木作舟楫所經魚皆浮廣志桄榔樹大四五圍長五六丈其顛生葉其子作穗其皮可作綆得水則柔韌皮中有屑如麪列子周穆王時西極之國有化人來

騎驢覓驢眞可笑以馬喻馬亦成癡一天月色爲誰好

二老風流各自知

傳燈錄參禪有二病一是騎驢覓驢一是騎驢不肎下不解卽心是佛眞是騎驢覓驢莊子齊物論以馬喻馬之非馬不若以非馬喻馬之非馬也杜詩中天月色好誰看

過土山寨

南風日日縱篙撑時喜北風將我行湯餅一杯銀線亂

蔓蒿如筯玉簪横

書辨才白雲堂壁

不辭清曉叩松扉卻值支公久不歸山鳥不鳴天欲雪

卷簾惟見白雲飛

琴詩

若言琴上有琴聲放在匣中何不鳴若言聲在指頭上

何不於君指上聽

楞嚴經譬如琴瑟箜篌琵琶雖有妙音若無妙指終不能發汝與衆生亦復如是又偈云聲無旣無滅聲有亦非生生滅二緣離是則常眞實此詩宗旨大約本此

韓康公坐上侍兒求書扇

一一牕扉面水開更於何處覓蓬萊天香滿袂人知否

曾到栴檀小殿來

楞嚴經佛告阿難汝嗅此栴檀燃于一株四十里内同時聞香

驪山絶句三首

功成雖欲善持盈可嘆前王恃太平辛苦驪山山下土

阿房纔廢又華清

秦阿房唐華清宫皆在驪山

幾變離牆幾變灰舉烽指鹿事悠哉上皇不念前車戒

卻怨驪山是禍胎

枚乘書福生有基禍生有胎

海中方士覔三山萬古明知去不還咫尺秦陵是商監

朝元何必苦躋攀 封禪書及至秦始皇幷天下至海上則方士言之不可勝數使人乃齎童男女入海求之船交海中皆以風爲解未能至望見之焉詩大雅殷鑒不遠朝元閣在驪山上唐明皇建

靈上訪道人不遇

花光紅滿欄草色緑無岸不逢青眼人長歌白石澗 晉阮籍傳籍能爲青白眼見禮俗之士以白眼對之

常山贈劉鎡

劉侯年少日駿馬拊便面援弓鴈自落不待白羽貫 漢張敞傳走馬章臺街使御史驅自以便面拊馬師古注便面所以障面蓋扇之類也亦曰屏面虛弦落鴈用戰國策更嬴事注見前家語白羽若月

游三游洞

凍雨霏霏半成雪游人屨冷蒼崖滑不辭攜被巖底眠洞口雲深夜無月

十一月三日與幾先自竹西來訪慶老不見獨與君卿供奉蟾知客東閣道話久之惠州追錄

卷卷長廊走黃葉席簾垂地香煙歇主人待來終不來火紅銷盡灰如雪

醉睡者

有道難行不如醉有口難言不如睡先生醉臥此石間萬古無人知此意

集歸去來詩十首

命駕欲何向忻忻春木榮世人無往復鄉老有逢迎雲
外流泉遠風前飛鳥輕相攜就衡宇酌酒話交情
涉世恨形役告休成老夫良欣就歸路不復向迷途去
去徑有一作猶菊行行田欲蕪情親有還往清酒引罇壺
與世不相入。膝琴聊自一作盡歡。風光歸笑傲。雲物寄游觀。
言話審無勸心懷良獨安東皋清有趣。植杖日盤桓。
世事非吾事駕言歸路尋向時迷有命今日悟無心庭
內菊歸酒牕前風入琴。寓形知已老猶未倦登臨
雲岫不知遠巾車行復前僕夫尋老木童子引清泉矯
首獨傲世委心還樂天農夫告春事扶老向良田

富貴良非願鄉關歸去休攜琴已尋壑載酒復經丘翳翳景將入涓涓泉欲流農夫人不樂我獨與之游觴酒命童僕言歸無復留輕車尋絕壑孤棹入清流乘化欲一作亦安命息交還絕游琴書樂三徑老矣亦何求

歸去復歸去帝鄉安可期鳥還知已倦雲出欲何之。入室還攜幼臨流亦賦詩春風吹獨立。不是傲親知役役倦人事來歸車載奔征夫問前路稚子候衡門入息亦詩策出游常酒樽交親書已絕雲壑自相存寄傲疑今是求榮感昨非聊欣樽有酒不恨室無衣丘壑世情遠田園生事微柯庭還獨睡時有鳥歸飛

余歸自道場何山遇大風因憩耘老溪亭命官奴秉燭捧硯寫風竹一枝題詩云

更將掀舞勢把燭畫風篠美人爲破顔憐此腰肢裊

題雲龍草堂石磬

折爲督郵腰懸作山人室殊非濮上音信是泗濱石

折腰爲磬折故作淵明揖督郵事耳讀者不以辭害意可也左傳室如懸磬尚書泗濱浮磬

和子由岐下詩 幷引

予既至岐下逾月於其廨宇之北隙地爲亭亭前爲橫池長三丈池上爲短牆屬之堂分堂之北厦爲軒牕曲檻俯瞰池上出堂而南爲過廊以屬之

廳廊之兩旁各爲一小池三池皆引汧水種蓮養魚於其中池邊有桃李杏梨棗櫻桃石榴樗槐松檜柳三十餘株又以斗酒易牡丹一叢於亭之北子由以詩見寄次韻和答凡二十一首

北亭

誰人築短牆橫絕擁吾堂不作新亭檻幽花誰爲香（公自注舊堂北有牆子始去之爲亭）

橫池

明月入我池皎皎鋪紵縞何日變成緇太玄吾懶草（楊雄解嘲吾默默獨守吾太玄）

短橋

誰能鋪白簟永日臥朱橋樹影欄邊轉波光版底摇

杜牧之阿房宫賦長橋臥波

軒牕

東鄰多白楊夜作雨聲急牕下獨無眠秋蟲見燈入

曲欄

流水照朱欄青紅亂明鑑誰見檻上人無言觀物泛

雙池

泝流入城郭亹亹渡千家不見雙池水長漂十里花

荷華

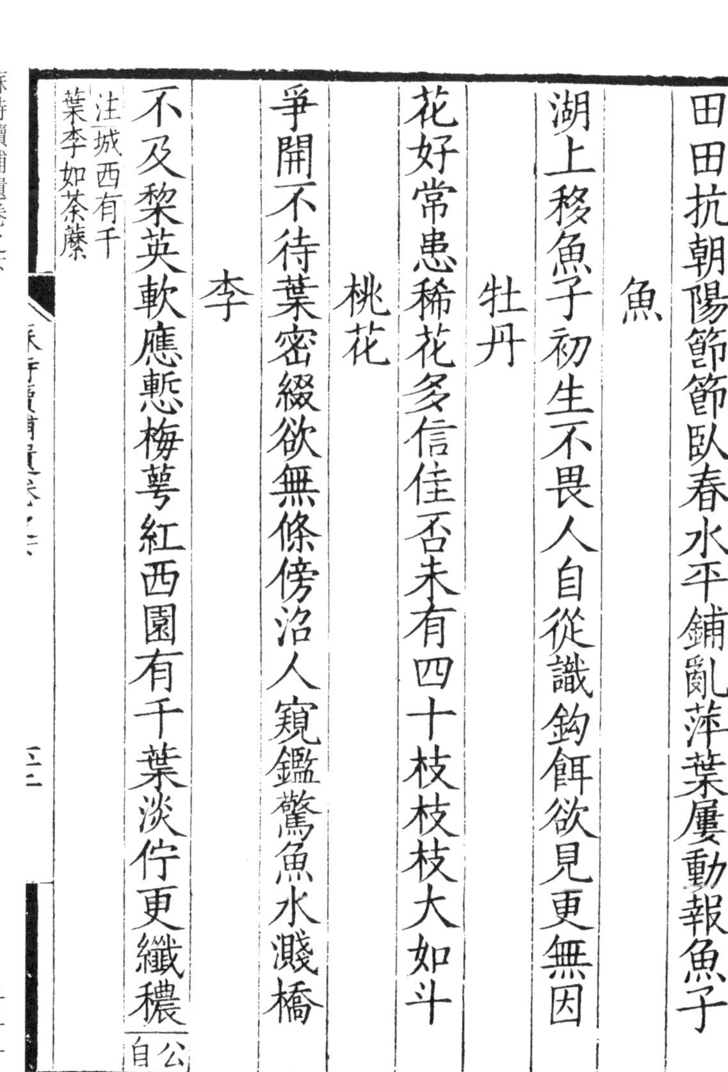

田田抗朝陽節節臥春水平鋪亂萍葉屢動報魚子

魚

湖上移魚子初生不畏人自從識鈎餌欲見更無因

牡丹

花好常患稀花多信佳否未有四十枝枝枝大如斗

桃花

爭開不待葉密綴欲無條傍沼人窺鑑驚魚水濺橋

李

不及棃英軟應慚梅萼紅西園有千葉淡佇更纖穠公自注城西有千葉李如荼蘼

杏

開花送餘寒結子及新火關中幸無梅汝彊充鼎和

梨

霜降紅梨熟柔柯已不勝未嘗蠲夏渴長見助冬冰

棗

居人幾番老棗樹未成槎汝長才堪軸吾歸已及瓜

櫻桃

獨遶櫻桃樹酒醒喉肺乾莫除枝上露從向口中漙

石榴

風流意不盡獨自送殘芳色作帬腰染名隨酒盞狂

櫸

自昔爲神樹空聞蜩鷃鳴社公煩見輟爲爾致羊羹

槐

採擷殊未厭忽然已成陰蟬鳴看不見鶴立赴還深

抱朴子槐子服之補腦令人髮不白而長生魏都賦槐以蔭塗

松

彊致南山樹來經渭水灘生成未有意鵶鵲莫相干

檜

依依古松子鬱鬱綠毛身每長須成節明年漸庇人

柳

今年手自栽問我何年去他年我復來搖落傷人思世說桓溫北征經金城見所種柳皆十圍慨然嘆曰樹猶如此人何以堪因攀枝執條泫然流涕

縱筆舊注此詩執政聞而怒之再貶儋耳

白頭蕭散滿霜風小閣藤牀寄病容報道先生春睡美道人輕打五更鐘

附四言六言

息壤詩并引

淮南子曰鯀堙洪水盜帝之息壤帝使祝融殺之于羽淵今荆州南門外有狀若屋宇陷入地中而猶見其脊者旁有石記云不可犯畚鍤所及輒復

如故又頗以致雷雨歲大旱屢發有應予感之乃爲作詩其辭曰

帝息此壤以藩幽臺有神司之隨取而培帝敕下民無敢或開惟帝不言以雷以雨惟民知之幸帝之恕帝茫不知誰敢以告字疑誤帝怒不常下土是震使民前知是役音域于民無是墳者誰取誰予惟其的之是以射之

顔樂亭詩并序

顔子之故居所謂陋巷者有井存焉而不在顔氏久矣膠西太守孔君宗翰始得其地浚治其井作亭於其上命之曰顔樂昔夫子以簞食瓢飲賢顔

子而韓子乃以爲哲人之細事何哉蘇子曰古之觀人也必於小者觀之其大者容有僞焉人能碎千金之璧不能無失聲於破釜能搏猛虎不能無變色於蠭蠆孰知簞食瓢飲之爲哲人之大事乎乃作顔樂亭詩以遺孔君正韓子之說且以自警云

天生烝民爲之鼻口美者可嚼芬者可臭一作嗅仝美必有惡芬必有臭我無天游六鑿交鬬鶩而不反跬步商受偉哉先師安此微陋孟賁股慄虎豹卻走眇然其身中亦何有我求至樂千載無偶執瓢從之忽焉在後

新渠詩幷序

庚子正月予過唐州太守趙侯始復三陂疏名渠招懷遠人散耕于唐予方爲旅人不得親執壺漿簞食以與侯勸逆四方之來者獨爲新渠詩五章以告于道路致侯之意其詞曰

新渠之水其來舒舒溢流于野至于通衢渠成如神民始不知問誰爲之邦君趙侯

新渠之田在渠左右渠來奕奕如赴如湊如雲斯積如屋斯溜嗟唐之人始識秔稌

新渠之民自淮及潭挈其婦姑或走而顛王命趙侯宥

蘇詩續補遺卷之下

我新民無與王事以訖七年

俟謂新民爾旣來止其歸爾邑告爾鄰里良田千萬爾

擇爾取爾耕爾食遂爲爾有

築室于唐孔碩且堅生爲唐民飽粥與饘死葬于唐祭

有雞豚天子有命我惟爾安

跋姜君弼課冊公自注姜君瓊州人己卯閏九月來從學於東坡至儋耳庚辰三月方還瓊

雲興天際歘若車蓋凝矉未瞬瀰漫霮䨴驚雷出火喬

木糜碎殷地爇空萬夫皆廢霤緶四墜一作懸霤緶墜日中見昧

一作沫移晷而收野無完塊

易豐卦九三豐其沛日中見沬沬星之小者漢王莽傳地皇元年二月壬申日正

黑莽惡之下書曰迺者日中見昧陰薄陽黑氣爲變董子太平之時雨不破塊津

莖潤葉而已

數日前夢人示余一卷文字大略若諭馬者用吃蹶兩字夢中甚賞之覺而忘其餘戲作數語足之

天驥雖老舉鞭脫逸交馳蟻封步中衡石旁睨駑駘豐肉滅節徐行方軌動輒吃蹶天資相絕未易致詰鄧粲晉紀王濟性好馬而所乘馬駿駛意甚愛之叔湛曰此雖小駛然力薄不堪苦近見督郵馬當勝此但養不至耳濟取督郵馬穀食十數日與湛試之步驟不異于濟而馬不相勝湛曰今直行車路何以別馬勝不唯當就蟻封耳於是就蟻封盤馬果倒踣

憶江南寄純如五首六言

楚水別來十載蜀山望斷千重畢竟擬爲傖父憑君說

與吴儂

湖目也堪供眼木奴自足爲生若話三吴勝事不惟千里蓴羮

襄陽記李衡字叔平爲丹陽太守密遣人于武陵龍陽州上種甘千樹臨終勑兒曰汝毋惡吾不治家故窮如是吾州里有千頭木奴不責汝衣食歲上一匹絹亦足用矣晉書陸機詣王武子有羊酪指以示機曰卿東吴何以敵此機曰千里蓴羮末下鹽豉時人稱爲名對潛確類書或謂千里末下皆地名蓴豉所出處張鉒山詩一出脩門道重嘗末下鹽是也按此則末下當作末下語較有味但末下少見出處存之備考

人在畫屏中住客依明月邊游末卜柴桑舊宅須乘五馬一作湖扁舟

生計曾無聚沫孤蹤謾有清風治産猶嫌范蠡攜孥頗笑梁鴻

弱累已償俗盡老身將伴僧居未許季鷹高潔秋風直爲鱸魚

晉張翰傳翰因見秋風起乃思吳中菰菜蓴羹鱸魚膾曰人生貴得適志何能羈宦數千里以要名爵乎遂命駕而歸

惠崇蘆鴈六言

惠崇煙雨蘆鴈坐我瀟湘洞庭欲買扁舟歸去故人云是丹青

何公橋詩補錄

天壤之間水居其多人之往來如鵜在河順水而行雲駛鳥疾維水之利千里咫尺亂流而涉過膝則止維水之害咫尺千里沔彼濫觴蛙跳儵游溢而懷山神禹所

憂豈無一木支此大壞舞于盤渦冰拆雷解坐使此邦
晝爲兩州雞犬相聞胡越莫救允毅何公甚勇于仁始
作石梁其艱其勤將作復止更此百難公心如鐵非石
則堅公以身先民以悅使老壯負石如負其子疏爲玉
虹隱爲金堤直欄横檻百賈所栖我來與公同載而出
讙呼填道抱其馬足我歎而言視此滔滔未見剛者孰
爲此橋願公千歲與橋壽考持節復來以慰父老如朱
仲卿食于桐鄉我作銘詩子孫不忘

蘇詩續補遺卷之下 終

傳古樓景印